好运时间

Haoyun Shijian

卡比丘 著

廣東旅游出版社
GUANGDONG TRAVEL & TOURISM PRESS
中国·广州

Hao Yun
Hao Yun
Hao Yun
Hao Yun

献给我的最初的读者

松露玫瑰

目录

CONTENTS

4
21
January
12
九月
September
13
四月
25
一月
2
一月
January
16
April
9
九月
四月
April
30
April
四月
11
April
10
January
一月
九月
Septe
29

17 岁—25 岁

1

二十一岁的某天，陶思稚玩新下载的恋爱经营手游前，先在电脑上打开了一部电影。

正在进行游戏对话时，他听见电影男主角说“如果人生有四季的话，我四十岁之前都是春天”。

他若有所思地抬头看了一眼，也开始学着将自己的人生这样划分：他十七岁前可能没有季节，十八岁是春天，十九岁变成寒冬，往后只剩秋季。

二十四岁，陶思稚从U大的计算机科学学院硕士研究生毕业。

和之前十几年一样，陶思稚大学生活的主基调，仍然是独来独往，没有社交。

由于不想再与人合宿，陶思稚选择了走读，认识同学的机会比高中时更少了。本科毕业拍合照的时候，陶思稚甚至还记不住全班同学的名字。

如果要陶思稚细数在本科和读研期间的收获，除了习得的学科知识和高绩点外，可能只有恋爱手游里的许多张卡片。

但他不是很在意，因为他原本就只在乎这些。

秋季，陶思稚参加了校招，被本市最大的互联网公司安远集团录取了。隔年的二月，他顶着凛冽的寒风开始上班。

和离家只有两站路的U大不同，安远的园区位于高新区，离陶思稚家很远。每一个工作日的早晨，陶思稚都必须在六点半前起床，转三次地铁，再步行二十分钟，才可按时抵达。

父母和哥哥觉得陶思稚转车通勤太辛苦，说他从来没吃过这种苦，开始催他学车。

陶思稚不想学，往往装作在思考，或没有听到。

过了一周，陶思稚肉眼可见地瘦了。家人又开始商量着，想给他在公司旁租或买套小房子。然而园区附近楼盘很少，合适的房子并不好找，他们带着陶思稚看了几次，都没有看中。

陶思稚觉得看房很麻烦，也很奔波，数次配合无果后，他又开始消极抵抗。

幸运的是，在陶思稚从市中心到郊区通勤的第三个月，公司突然发布了一项新的福利政策，准备给有需要的新员工提供宿舍。

后勤部门执行效率很高，通知发布没多久，负责联系程序部的小李就拿着表格来询问意向了。

陶思稚本来对这个福利没有兴趣，他眼睛正盯着在调试的程序，头也不抬地对小李说："我不住。"

小李这个人比较拖拉，站在他旁边没有走，好像觉得奇怪一样，问他："为什么不住啊？条件很好的。"

陶思稚终于抬起头，对她说："我不喜欢跟人合住。"

"你是不是没有看内网通知？这批宿舍是单人间，错过就没有了，"李筱手里抓着笔，又问陶思稚一次，"单人间你住不住啊？"

陶思稚沉吟少时，说："住吧。"再将视线移回屏幕。

李筱点点头，在表格上打了个钩，走到了另一个工位边。

陶思稚则在继续专心完成工作后，打开了他的云文档表格，在八月二日后的空白处填入日记：“马上要住公司提供的单人宿舍。”

他又在家庭群宣布“我要住宿舍了”，并引起轩然大波。

一周后，陶思稚搬入了园区。

因为行李很多，他哥哥陶思远开车送他来上班。他的妈妈也想跟着来，被他哥以“我还要上班，没空送您回家”为理由拒绝了。

周一的上班路有些堵，他哥一边开车，一边絮絮叨叨地和他交代独居的注意事项。

陶思稚没有认真听，因为他在抓紧时间玩游戏做日常，而且他哥说什么，他不听都能猜到。

一定还是昨晚说过的“一周必须回家一次”“游戏不要玩得太晚”“有空多和人接触”“不过，深度接触前一定要告诉我”。

快要到达园区的时候，陶思稚攒够了十连抽的点数，立刻把手机凑到他哥面前：“哥，帮我抽一下。”

他哥不知为什么叹了口气，才点了一下。

这天陶思远手气很好，抽到了一张陶思稚没有的 SSR 卡。

陶思稚好几个礼拜没有抽到想要的卡片了，开心到答应了陶思远趁乱提出的明年学车的无理要求，还在陶思远替他搬完东西后，给了他一把宿舍的备用钥匙。

公司的单人宿舍完美地满足了陶思稚对房子的所有要求。

空间很小，有独立卫浴，网速很快，床又舒服，还有保洁上门收衣清洗服务。

入住宿舍后，除了每逢不忙的周末和假期，被父母和哥哥勒令回家外，陶思稚总是待在公司。

没过多久，B 区的应届毕业生小陶就在整个程序部出名了，业务能力好，加班最积极，无事从不出园区。

宿舍、工位、食堂三点一线的生活让陶思稚感到如鱼得水，自在非常。他一度觉得他的人生秋季即将结束，春季要回来了。

陶思稚还曾经考虑，如若以后被迫搬走，要买房子，就将这间宿舍作为样板。

经过有目共睹的勤恳工作，到年底时，陶思稚竟然评到了新职员的优秀奖。

上司把他和另一个获奖同事小赵叫去办公室，提前恭喜了他们，还给了两人公司年会的入场券，说“这可不是每个优秀奖获得者都能有的殊荣”。

看到“年会”两个字，陶思稚只想到“人一定很多”。他较为恐惧人群，支支吾吾地想拒绝。

上司知道他的性格，也看出他的意思，突然开始给他灌输人生哲理，“年轻人得多接触社会”“现在不是只看能力的时代了”云云。

陶思稚开始走神，突然被上司夹带的一句“而且今年年会的中奖率是史上最高，错过了就没有了”吸引了注意。

陶思稚有一个缺点，他无法抗拒几乎所有抽奖活动。因此在谈话的最后，他不但接过了年会入场券，还对上司说了“谢谢”。

跨年后第三周的周五，集团的年会在园区旁某家豪华酒店的顶楼宴会厅中举行。

宴会厅很大，厅里摆了七八十张圆桌，前方搭着舞台，舞台两边摆着两面巨大的电子显示屏，实时直播台上的景象。

董事长和总裁致辞后，晚宴便开始了。

大多数圆桌上气氛高涨、觥筹交错，也有少数圆桌十分安静。

安静的桌边大多坐着例如后勤部李筱、程序部陶思稚这样不善社交的员工。

排座位的人事部同事体贴地将他们安排在无人注意的角落，好让他们不受打扰地安静进食，专心等待开奖。

抽奖开始前，还有几个节目表演，陶思稚恰好坐在音响旁边，被乐曲震得耳朵痛，又觉得很闷，便和同事说了一声，打算到宴会厅外去避一避。

厅外的人不少，三三两两地聚在一起聊天。陶思稚靠在大理石柱旁，低头看着脚下灰红相间的地毯，发起了呆。

没多久，他的手机闹钟响了，提醒他现在已是晚上九点，该做游戏日常了，他就拿出手机，打开软件，认真玩起游戏。过了一会儿，他忽然听见有人叫他："陶思稚。

"陶思稚。"

这个声音陶思稚认得。在他高中刚刚毕业时，它常莫名其妙地突然响在他耳边，让他觉得有一点厌烦。

声音有时出现在食堂，有时在操场，有时在他的家里，在黄昏的楼下。陶思稚不清楚这声音出现的原因，只是每一次听到，都没有找到过声音的来源。

近年来，他已经很少再听到了，因此在一开始，陶思稚并不以为意，也没有抬头看，直到声音离他越来越近，让他怀疑这次并不是幻听。

接着，他看到一双皮鞋。皮鞋是黑色的，擦得很亮，踩在灰红的地毯上。然后他又听见："陶思稚。"

他只好慢慢地抬起头，看见了叫他的人。

这个人比他高整整一个头，穿着黑色的挺括的西装，头发理得很短，眼睛盯着陶思稚，手里拿了一杯酒。

除成熟了少许外，蒋舸的外表几乎一点都没有变。不过眼神里曾经毫不掩饰的、陶思稚熟悉的跋扈和嘲弄已经没有了。

“怎么不说话，”他说，“认不出我了吗？”

陶思稚说：“认得出。”

蒋舸自然地笑了笑，他看陶思稚的眼睛，仿佛和陶思稚很近，也仿佛很远。

事实上，陶思稚觉得自己可能的确已经认不出他了。

在分别的七年多中，蒋舸变成了一个陶思稚永远变不成的稳重体面的成年人，客客气气地对陶思稚说：“好久不见。”而陶思稚还是以前的样子。

四周的声音很嘈杂，是陶思稚不喜欢的环境，他觉得不舒服，想去一个更安静的地方，于是四下张望着，含糊地回蒋舸：“嗯……见。”

蒋舸没有计较他不清不楚的吐字，声音中带着笑意：“陶思稚，你没有变。”

陶思稚没找到人少的地方，也不知道说什么，重新看向蒋舸，从鼻腔发出一个单音。

蒋舸帅气，形象又好，很多在大厅外透气的女孩在看他，和陶思稚很不同。

陶思稚余光注意到自己的手机屏幕暗下去，便把视线从蒋舸身上移开，低下了头，右手拇指点了一下屏幕，让游戏界面重新亮了起来。

“又在玩游戏啊？”蒋舸跨了一步，靠近了陶思稚一点点，“还是以前那个吗？”

陶思稚闻到了酒的味道，垂着脑袋说：“不是了。”

而后，他很快听见蒋舸继续问：“现在的游戏要抽卡吗？”

他有点心神不宁，点点头充当回答，并终于往旁边挪了一小步，肩膀贴到了大理石柱上。

大理石有点冰，陶思稚贴得很用力，就像被无形的手按紧在柱子上一样。他也觉得不太舒服，但由于日常还没做完，他保持着奇怪的姿势继续玩起了游戏。

蒋舸沉默地看了大约三十秒，开口问陶思稚：“要不要我帮你抽卡？”

这时候，陶思稚已经做完日常，要回去等待年会抽奖了。他按了锁屏，嘟哝着“不用”，转身往年会大厅走。走得比平时快，他也不知道为什么。

接近大门时，蒋舸在他身后叫他的名字。他只好停住脚步，重新回身去看。

他看见蒋舸站在距离他三米的地方，微微低头，很勉强地对自己笑了一下。

之所以说勉强，是因为蒋舸嘴角的弧度很不自然，眼神也有点躲闪。蒋舸压低了声音，问陶思稚：“可以把我从手机黑名单里放出来了吗？”

陶思稚看着他，想了想，问他：“什么黑名单？”

“你不在我的黑名单里。”陶思稚说。

蒋舸愣了愣，眼里很少的笑意也消失了。

陶思稚看蒋舸的表情，觉得蒋舸好像有很多话要说，所以没有马上离开。

然而等了一会儿，蒋舸都不说话，陶思稚又心系抽奖，没了等待的耐心，就重新转身走了。

蒋舸没叫住他，也没跟上来，让他稍稍松了一口气。

他蔫巴巴地走到自己的位置，坐在和他一样不善言辞的同事旁边。过了几秒，他的手机亮起来，蒋舸给他发了短信：“我前年入职的，今年调回了总部，在业务部。”

陶思稚读完就锁上了屏幕。

其实把消息条再往上拉，可以看到近两年来，逢年过节时，他收到的一些来自蒋舸的祝福短信。

陶思稚不喜欢回别人的短信，从来没有回过。

2

陶思稚坐下没多久，抽奖开始了。

小奖抽了十几轮，陶思稚的号码都没能沾到一点点边。

不过他从小到大都缺乏中奖的运气，因此也没有感到失落，只是盯着屏幕，一次又一次等待新号码的出现。

最后一抽的年会大奖是台豪华品牌的轿车，随着公司执行总裁的一声令下，屏幕上的随机数开始变换闪动。

陶思稚坐在位置上，盯着屏幕，握紧自己的奖券，突然不由自主开始想，如果大奖抽到他，他到底是应该把车卖了，还是去考驾照。

大奖的抽奖过程格外漫长，等到屏幕上变换的数字减速时，陶思稚终于想好找哪个车商平台把车卖掉了（他大学同学毕业之后就职的那个，最近经常在电影开场前的广告里出现），只不过下一秒，数字停在了 89。

陶思稚的号码：647。他有点失落，把奖券塞进了口袋。

“恭喜 89 号同事，”穿着白色礼服裙的主持人喜气洋洋地拿起话筒，“获得了年会的终极大奖！”

她身边身材微胖的执行总裁捧起了装着车钥匙的礼盒。

追光灯在昏暗的大厅里满场乱转，所有人都伸长了脖子，想看看哪个幸运儿抽中了这台轿车。

前方某张圆桌忽然一阵喧哗，而后坐在那桌的一个人站了起来。

追光灯找到了他，打在他身上，随他一起走向舞台的台阶，陶思稚隔着几十米认了出来，是蒋舸。

“那是谁啊？”坐在陶思稚身边的李筱细声道，“好高啊。”

蒋舸接过执行总裁手里的礼盒，和总裁握了手。

主持人笑眯眯地把另一支话筒递给他，要他对台下说几句祝福的话，传递幸运。

蒋舸面向观众，说“首先，感谢公司、我的上司和同事，给了我这次参加年会的机会”，陶思稚听到李筱突然的感叹：“长得好帅。”

“也还好吧，”赵浩摸了一下自己的脸，酸溜溜地说，“今天运气好而已，明年说不定就抽到我。”

“他可不是运气好，”同桌的一名中年男子突兀地加入了他们的话题，“你们太天真了。”

中年男子是后勤部档案司的李司长，他一脸神秘莫测，引起听众好奇。

“什么，什么？”赵浩凑到李司长身边。

李司长摇摇头，盯着台上，告诉身旁三个后辈：“这位是‘太子’，奖肯定是内定了。”

赵浩大惊：“‘太子’？”

“他姓蒋。”李司长神神秘秘地暗示。

陶思稚没搞懂他的意思，李筱和赵浩却做出恍然大悟的表情。陶思稚不甘落于人后，也马上装出听懂了的样子，还“噢”了一声。

“不过……”李筱忽然小声质疑，“奖品不至于内定吧，车也不是很贵。”

“我也觉得公司没这么抠门。”赵浩附和。

李司长“啧”了一声：“不是抠不抠门的问题，主要是想展现一种太子就是真命天子的感觉。”

李筱和赵浩都将信将疑，但没反驳，几人安静下来。

陶思稚看着台上，他觉得自己对这个话题有点发言权，就打破了沉默，告诉大家：“应该不是内定，他的运气一直很好，以前在游戏里每次抽卡，他都能抽到最好的卡。”

……

三人齐齐看向他，过了一会儿，李司长开了口，用一种稍显奇怪的语气问：“你怎么知道？你们认识啊？”

“我们是高中室友。”陶思稚告诉他们。

气氛突然凝固了。

没人说话，陶思稚可以专心地看年会舞台右边的那块直播舞台的 LED 显示屏了，屏幕上蒋舸在说话，音响里传出他的声音。

蒋舸的嘴唇张合着，拿着话筒的手骨节凸起，又说了几句，结束了谢词，微笑着把话筒还给主持人，在不知为何很响亮的掌声里下台了。

这个时候，陶思稚自然而然地想起了高二那年，学校的迎新晚会。因为那天晚上的蒋舸也和今天一样，轻轻松松地抽中了陶思稚超级想要的特等奖（每周三交由名师批改的上年度明德中学全年全科模拟考试所有试卷，以及各类教辅书籍共计五套三十九本）。

只是当时蒋舸并不像现在这么彬彬有礼，他勉勉强强地走上台，领完奖就直接下台了，完全忘了那些在观众席等待获奖者幸运传递的观众。

说句实话，现在这个喜怒不形于色的蒋舸让陶思稚感到很陌生，因此在蒋舸走下台后，陶思稚简单地回忆了一些高中时期的事。

众人皆知，时间会在回忆时变快。陶思稚还没想什么，年会就结束了。

散场的音乐响起，宴会厅里的人一桌桌站起来，成群结队往门口涌。陶思稚和赵浩一起走出去，不多时便被人群冲散了。

陶思稚前后都是人，胳膊和背都被抵紧了。空气中密密麻麻地挤满了不同的声音，陶思稚感到急躁、畏惧，随着人流向前。

走了一两分钟，人群终于散开了些，他碰到了蒋舸。

蒋舸手里提着年会的袋子，和陶思稚一样，也是一个人。他先是沉默地和陶思稚一起走，到酒店大堂的时候，他才问陶思稚："你回哪里？"

"园区，"陶思稚说，"宿舍。"

蒋舸便说："我也回园区，我带你回去吧。"

陶思稚停下脚步，对蒋舸说："我走回去。"

但是走到酒店大门口，陶思稚发现外面下雨了。

室外黑漆漆的，有很轻的雨声，冷风从玻璃门的缝隙吹在他的脸上和手上，他打了个寒战。

他怕冷，没马上走出去，站在门童身边看着，见到几台接高管的轿车开到门口又开走，留下轮胎的水印。蒋舸也一直站在他身边，陪他看外面。

"我送你回去吧。"站了一会儿，蒋舸开口说。

陶思稚没办法凭空变出一把伞，最后跟蒋舸走了。

车发动的时候，两个人都没有说话。

陶思稚有一些不安，手不知该往哪里摆，不由得伸进了口袋，左手捏住了口袋里的奖券，一直用食指的指腹摩擦奖券的一个尖角。

车驶上地面，开进雨里之后，蒋舸问陶思稚："你在干什么？"

他一边开车，一边把右手探进了陶思稚的口袋，抓住了陶思稚的指尖和那张被指腹磨钝了一个角的奖券，把奖券从陶思稚手里抽了出来，拿着低头看了一眼，突然笑了笑，说："真可惜，你又没抽中。"

陶思稚盯着蒋舸，不说话。蒋舸没把奖券还他，看着路，安静了一小会儿，对陶思稚说："陶思稚，我把奖品送你好不好？"

蒋舸车里没有音乐，安静得很怪异。陶思稚说"不要"，蒋舸好像没听见一样，轻松地说："你肯定想好怎么处理奖品了吧？"

陶思稚否认了："我没有。"

然而蒋舸还是像没听见，说："你准备怎么处理？"

陶思稚一开始憋着不说话，后来还是没有忍住，和蒋舸分享了他的想法："放在二手车平台卖掉。"

蒋舸低声地笑了，他抬手好像想拍陶思稚的头，陶思稚躲开了，他就不笑了。

酒店离园区宿舍车程不过十分钟，他们很快就到了。

蒋舸的车不能进宿舍区，就停在了一旁。陶思稚跟他要刚才拿走的奖券，他不太愿意，但还是给了。他让陶思稚坐着，他开门撑着伞过来，接陶思稚下车。

陶思稚走下来，雨已经小了很多，冰冷的空气贴着他的脸，渗进他的衣领，他冻得抿紧嘴唇。

"我送你。"蒋舸替他关上车门，说。

陶思稚又想拒绝："进去要登记，有点麻烦。"

"不麻烦。"蒋舸说。

他搂了搂陶思稚的肩膀，撑着伞，在门岗登了记，陪陶思稚走进去。

一月份的雨夜，空气又湿又冷。蒋舸羊绒大衣的衣领蹭到了陶思稚的脸，他比陶思稚高很多，身上散发着温暖的气息。

雨打在伞面上，打在水泥路旁的积水中，打在黑色的树叶上，掩盖他们呼吸的声音。

陶思稚贴着蒋舸走，蒋舸放在他肩膀上的手渐渐往下了一些，抱住他的手臂。

走了大约十五分钟，他们来到了陶思稚的宿舍楼，蒋舸收了伞，放在门口的伞架上，自然地陪陶思稚上楼。

陶思稚住在 9 楼，楼里暖气很足，电梯向上的时候，他觉得有点热了，把外套脱了下来，搭在手上。

蒋舸看着他，他也看了蒋舸一眼。

进入走廊，蒋舸还是走在他身边，没有要走的意思。

终于到了陶思稚的房门前，陶思稚拿出钥匙要开门，抬头对蒋舸说：“再见。”

蒋舸没回应他的“再见”，凑近了他，靠得很近，热的呼吸、热的温度、蒋舸的眼睛，和以前全都是极其相似的。

不过不完全相同，他们的年纪有了变化，很久没有见面了。

陶思稚含混地想着，躲开了一点，学着他哥教他的语气，对蒋舸说“不要了”。

他哥对他强调了很多次，将人与人间的深度交流距离定义在十厘米内，陶思稚不应该和人这么接近，因为他不擅长判断人际关系。

陶思稚已经理解了。

尽管他说了不要，蒋舸还是靠了过来。

陶思稚觉得愧对哥哥的教诲，因为他和蒋舸再一次破坏了他和陶思远共同制定的《陶思稚人际交流准则（第三版）》；又觉得自己有一点进步，因为他没允许蒋舸进他的房间。

3

回到房间以后，陶思稚把沾到雨水的衣服脱掉了，放在洗衣篮里，然后去浴室冲了澡。

他非常喜欢公司宿舍的浴室，灯光温暖，沐浴空间不大，花洒出水的水量适宜，水温可以稳定在 38 摄氏度。他很快地洗完了澡，擦干身体，换上睡衣。

走出浴室，陶思稚的手机响了，他哥哥给他打了电话。

他接起来，听见哥哥在那头问他："年会怎么样？"

"特等奖是一辆昂贵的车，"陶思稚如实告诉他哥，"不过我没有中。"

他哥笑了："那你觉得你会中啊？"

陶思稚觉得他哥在嘲笑他，就不说话了。他不喜欢别人笑他运气差。

电话两端沉默了几秒钟，他哥突然清了清嗓子，说："今晚还有别的什么事吗？"

陶思稚有点奇怪地反问："什么？"

他哥停顿片刻，说："你是不是碰到蒋舸了？"

陶思稚说"嗯"，他哥问："怎么样，你们聊什么了吗？"

“没有，”陶思稚说，又问他哥，“我为什么要和蒋舸聊天？”

他哥安静了，过了一会儿，说：“算了，你早点睡吧。”

挂了电话，陶思稚在书桌前坐下来，打开了电脑，打开云文档里的日记表格，先写“今天碰到了蒋舸”，然后把这句话删掉，替换成“参加年会”，保存起来了。

睡前，不知怎么回事，陶思稚想起了和他哥的电话。

自从陶思稚高中毕业后，他哥对他提起过二十四次蒋舸，第一年最多，足有十三次，而后逐年递减。

陶思远说到蒋舸时，态度总是很奇怪，有时候陶思稚觉得他哥很讨厌蒋舸，有时候又似乎并不是那么简单。

在二十四次关于蒋舸的谈话里，让陶思稚印象最深的一次，发生在他上大学前的暑假的一个夜里。

当时，他和他哥坐在一起看电视，他哥突然开口问他：“你到底是怎么想到偷用蒋舸的手给你抽卡的？”

提问的时候，陶思远并没有看陶思稚，而是盯着电视机。

房间里没有开灯，电视的光源投射在陶思远的脸上，把他小麦色的皮肤照得惨白，和他第一次听到陶思稚小学同学给陶思稚起的绰号时的脸色很像。

“不是我想到的，”陶思稚纠正他，“是他的手自己放在那里。”

陶思远看了他一眼：“说点我能听懂的。”

陶思稚只好从头说起。

在陶思稚的高中住宿生活开始前的暑假，他的行为干预师建议他下载几个手机模拟社交游戏，在游戏中学习对话和交流，作为在现实社会与真人交流的缓冲。

陶思稚搜索医生指定的游戏时，发现了一个叫作《流星蔷薇园》的游戏，画面的格局很合理，色调也让他感到舒适，于是情不自禁地下载了，并很快就与此游戏坠入爱河。

陶思稚非常热衷于收集游戏里的卡片，每天都积极地做着任务，集钻抽卡。

他还在网络上找到了《流星蔷薇园》游戏玩家的论坛，开了一个帖子，记录自己每一次抽卡的卡面。不过他的运气很糟糕，抽卡重复率很高，好卡从来抽不到，发帖的用词也大多是模仿别的玩家，所以没有收到多少回复。

偶尔有误入记录帖、怜惜他的手气的玩家，会给他提一些转运建议，例如“楼主，你要不要试试摆阵抽卡？”“我上次听音乐抽卡，抽到了 SSR”“据说朗诵诗歌抽卡有用”“建议坐公共交通工具去寺庙边上抽卡”。

陶思稚逐一尝试，都以失败告终，觉得有点烦恼。

这是陶思稚没有经过蒋舸许可，就用蒋舸的手抽卡的大前提。

然后要说蒋舸。

蒋舸是在高二下学期开始几周后，4 月 9 日那天突然转学进入明德中学的。

当时高二年级的宿舍楼里，只剩陶思稚的寝室还有一张空床位，就在陶思稚的旁边。

陶思稚周末回来，看见隔壁床被蒋舸占据，心中颇有微词，他不习惯有人睡在隔壁的床上，非常希望蒋舸能睡到地上去。

不过回寝室前，在小卖部买今天的鲜奶时，陶思稚听到了身后的同学说新转来的学生有暴力倾向，因为打架斗殴被上一所学校开除的传闻。

回寝室后，他发现蒋舸很高大，站在他边上，阴影能把他整个人盖住。他走进寝室，蒋舸也只是冷淡地看了他一眼，没有主动问好，看起来不是什么友善的人，所以陶思稚很圆滑地没有当着蒋舸的面提出来。

当天下午，陶思稚紧急到网上收集了一些关于“人每天晚上睡在地上会有什么好处”的资料，做成了一本睡觉养生手册，到文印室打出来，放到了蒋舸床上。

下晚自习回来，陶思稚在自己的垃圾桶里发现了那本养生手册。

陶思稚讲述到这里，被他哥打断了。

他哥说：“我看不出养生手册跟我的问题有什么关系。”

“这是一件完整的事，”陶思稚说，“如果有遗漏，解释就不完整了。”

接着，陶思稚告诉了他哥，高二下学期，4 月 17 日晚，学校高三动员晚会的具体情况，以及回到寝室后，蒋舸那些不妥当、不自重的言辞，对陶思稚产生的诱惑。

从晚上 9 点 45 分开始，蒋舸表达了对奖品的不满，又向他的其他两个室友张东匀、周礼炫耀了自己的抽奖运气，最后细数了自己抽到过的奖。

根据陶思稚统计，整段对话持续了整整 12 分钟，直接导致那天晚上，陶思稚玩游戏时，脑海里全都是蒋舸的声音：“我抽奖运气是不错。”

或许是命运的安排，当晚集满连抽的钻石后，抽卡之前，陶思稚忽然抬头看了一眼，恰好看到蒋舸的手搭在栏杆上。

蒋舸的睡相很差，在睡觉的时候，左手会搭在两张床中间的栏杆上，手指有时候还会碰到陶思稚的额头。

陶思稚原本因此十分忧郁，但在这一刻，他意识到，可能这就是他的好运气，一直自己待在那里，等他靠近。

而陶思稚要做的只是拿着手机凑过去，请蒋舸的手指替他点一下，非常隐蔽、简单。

“隐蔽你怎么会被抓到？”陶思远再次打断陶思稚。

这个问题不够客观，陶思稚不想回答，以沉默抗议。

过了一会儿，陶思远让步了，换了一个问题：“你第几次被抓到的？”

“第 8 次，”陶思稚回答，“4 月 29 日这天，张东匀和周礼都回家了，只有我和他在寝室里。”

“发现之后他什么反应？”陶思远突然沉默了，过了几秒，他转向陶思稚，声音变得很高，就像在吼陶思稚一样，大声地问，“他就是用这个威胁你对吗？用帮你抽卡要挟你？”

“没有，”陶思稚赶紧否认，又补充，“他是自愿帮我抽卡的。”

“一开始有，”陶思稚想起了一些事，说，“后来没有了，蒋舸是自愿的。我们是好朋友。”

陶思远又忽然不说话了。

陶思稚觉得他很奇怪，就看着他。

陶思远的表情远超过了陶思稚能看懂地复杂，过了很久，陶思远对陶思稚说：“对不起。”

他说：“哥哥如果没做蒋太太的投资顾问就好了。”

陶思稚看到陶思远哭了，陶思远比他大十一岁，马上就要三十而立的年纪，这是他第一次看见陶思远哭。

“我为了和同事竞争客户，在和蒋太太聊天的时候，故意告诉她我弟弟有自闭症，家里过得很难。”陶思远哭着对陶思稚说。

陶思远哭的样子像一只嘴里塞满栗子的松鼠，脸颊不住鼓动，露出了门牙。

陶思稚看了他一会儿，说：“我不想再说这个了。”然后他转头看向电视，很突然地，好像听到蒋舸在叫自己的名字。

“陶思稚，”和每一次幻听一样，他听到了蒋舸抽走他的手机、发现他在偷用自己的手抽卡之后，对他说的话，“你自己没手啊？”

听到手机被扔回陶思稚被子上的闷响。

也听到忘记是哪一次，蒋舸问他：“陶思稚，算我求你吧，你能不能有一次专心听我说话？”

当时陶思稚在想别的事，迟钝地看着蒋舸没有说话。

蒋舸看起来是想骂一句脏话，最后却还是不知道为什么，对陶思稚道了歉，恢复了温柔的样子。

4

虽然不明白哥哥为什么突然哭泣，但哥哥在哭泣时所说的话，倒是解开了在陶思稚心中盘桓近两年的迷思，即第一次见到蒋太太时，蒋太太会对他如此友善的原因。

那是在陶思稚被蒋舸抓到的第二天，五一假期开启的傍晚。

当时，陶思稚正在焦虑地面对蹭卡的严重后果。

事情要从中午陶思稚回到寝室整理换洗衣物说起，他整理到一半时，蒋舸推门进来了。

一开始，蒋舸像往常一样没有理会他，使得他以为昨晚的事已经过去，生活又将顺利地继续。

然而，正当陶思稚准备离开时，蒋舸突然叫住了他，通知他下周开始睡到阳台或者滚去走读，因为蒋舸已不再相信他会本本分分地睡在旁边的床上。

陶思稚大惊，他在蒋舸旁边呆立片刻，没想出什么沟通和谈判的办法，所以暂时还站着。

“干什么？”或许看他迟迟不走，蒋舸皱着眉头问。

陶思稚没办法，只好说：“你让我住在寝室里吧，我是没办法走读的。”

高一伊始时，陶思稚父母因公去异地工作三年，哥哥上班很忙，没有人能稳定接送他上下学了。

陶思稚不喜欢人多的区域，例如早晨和傍晚的公共交通工具，也不喜欢面对每天打车的未知，因此，在干预师的鼓励下，陶思稚勇敢地选择了尝试住校。为了奖励他，爸妈和哥哥给他增加了零花钱，他在《流星蔷薇园》里用掉了大半。

当然，这些都是题外话了。

住校的生活比陶思稚想象的要舒适，在磨合一段时间后，陶思稚已经与他的寝室和床相处得很好，并觉得住在离教室这么近的地方，是非常合适的选择，他不想再走读了。

然而，蒋舸并没有因此松口，他坐在椅子上，后背靠着椅背，对陶思稚抬了抬下巴，冷冰冰地说出了可怕的话："不想走读就去睡阳台好了，我床上那本手册是不是你印的？阳台地板挺硬的，你去养生吧。我不需要一个会偷拿我的手抽游戏卡片的人睡在我隔壁。"

"我不会再拿了，"陶思稚马上说，"以后很本分。"

如果真的住到阳台，他就要重新适应环境，还要承担例如昆虫出没、天气变化的风险，这都是他所不愿也不能承受的。

陶思稚越想越感到大事不妙，他又对蒋舸说："其实睡地板也有一些坏处，我下周再做一本新的手册给你看。"

"……"蒋舸沉默了，过了一会儿，他说，"留着你自己看吧。"

"我没义务相信你，"他没什么表情地看着陶思稚，"我一进学校就听人管你叫'小偷'，不会手脚不干净很久了吧？"

听到了很久没有听见过的绰号，陶思稚有点意外，他呆了一下，又想了想，对蒋舸解释："不是的，我没有偷过东西。"

但是蒋舸似乎不大想听，他不耐烦地提着书包站起来："你偷没偷别人的我不知道，偷用我的手是我当场抓住的。"

陶思稚张了张嘴，蒋舸低头瞥了陶思稚一眼，陶思稚就没有说话。蒋舸一边往外走，一边警告陶思稚：“不跟你废话了，放假回来不要让我再看到你睡在隔壁。”

最后蒋舸很响地关上了门。

一整个下午，陶思稚都陷于忧郁，在睡阳台和走读的选择中摇摆不定。

他一个都不想选，感到自己的世界灰暗了，听课时难以集中精力，老师如同在隔壁教室讲课，声音模模糊糊地传到陶思稚耳中。

混沌间，陶思稚还觉得自己听见了“走读”和“阳台”等关键词。

五点半，学校放学了。

陶思稚理好了书包，背在肩膀上，慢慢地往外走。

教学楼离大门有些远，走到半程，可以遥遥望见宿舍楼，陶思稚在一棵梧桐树下站定了，不舍地望着宿舍，抓住书包垂下来的带子，用拇指的指腹轻轻地摩擦带子的尖角。

他站得有些久，陶思远或许是久待他不至，给他打了电话。

陶思稚四下张望，没看见老师，才接起来，告诉他哥，他在往校门口走的路上。

“你还有多久能到？”陶思远问他，“我公司出了点急事，得马上赶过去，我给你叫辆车。”

陶思稚只好不再看了，脚步加快了一些，往校门口走去，告诉他哥哥：“还有六百步。”

“稍微快点。”他哥的语速较快，是急切的表现。

陶思稚抓着书包带子，小跑了起来，他的运动能力不好，跑到校门口，几乎喘不过气。

陶思远穿着黑色的西装，站在车旁，戴着耳机在讲电话，看到陶思稚，就对他招招手。

陶思稚刚向他哥走了两步，赫然发现蒋舸也站在他哥的不远处，在两人的中间，站着一位穿着灰色套装裙的短发中年女士，他们都在看陶思稚。

他哥和蒋舸没笑，女士冲他笑了，作为礼貌的回应，陶思稚也对女士笑了一下。

走到他们面前，陶思远恰好挂断了电话，对陶思稚说："这位是蒋太太，哥哥的客户。刚刚我恰好碰到蒋太太接儿子，才知道原来你和蒋舸住在一个寝室。"

陶思稚和蒋太太问了好，看了蒋舸一眼，蒋舸也在看他。

显然，蒋舸的眼神应当是传达了信息的，但陶思稚无法接收到，内心感到了些许抱歉。

"思稚，蒋舸脾气坏，没欺负你吧？"蒋太太的声音很饱满，表情显得非常热情，又转头对陶思远说："小陶，你先去忙，我帮你把思稚送回去。"

陶思稚看向他哥，他哥把他拉到边上，低声对他说："蒋太太跟我说了，她的司机已经替她开了八年的车，没有出过一次意外，驾驶技巧高超。"

这样的司机是可遇不可求的，比他哥随便给他找的网约车好多了，陶思稚高兴地同意了。

谢过蒋太太后，陶思远急匆匆走了。

蒋太太的司机帮陶思稚把书包放到了后备厢，替他开了车门。

陶思稚坐进后排，蒋舸也正好坐进来，顺便瞪了陶思稚一眼，这次陶思稚读懂了，蒋舸目露凶光。

蒋舸还无声地对陶思稚说了一句话，说得有点快，陶思稚没看清他在说什么。

蒋太太坐到了前排，回头看陶思稚，说："思稚，你比小陶给我看的照片上还要可爱。"

"谢谢。"陶思稚对蒋太太笑了一下。

汽车启动了，窗外的学校大门慢慢看不见了。陶思稚在新的环境里有点紧张，手又揣进了兜里。

"思稚，"蒋太太说，"我常常听你哥哥提起你的，没想到你和蒋舸同寝啊。蒋舸成绩不好，要多向你学习。你生活上如果碰到了什么问题，都可以让蒋舸帮你的。"

说着，她突然问蒋舸："是吧，蒋舸？"

蒋舸安静了几秒，低而快速地"嗯"了一声。

陶思稚大喜，他只有一件事需要蒋舸帮忙："蒋舸，我下个礼拜能不能不睡阳——"

"行。对了，我想起来了，"蒋舸突然打断了他，盯着他的眼睛，声音有些低沉，咬字有点重，"你昨天不是说想抽卡吗？我来帮你抽吧。"

"哦，好的，"陶思稚的注意力马上就被转移了，拿出手机，打开了游戏，他的钻还没集满，紧急充了点钱，递给蒋舸，"这样我今天晚上就能更新我的帖子了。"

蒋舸接过陶思稚的手机，陶思稚凑到他旁边，急于看他抽卡，脸都快贴到蒋舸下巴了。蒋舸手抬了好几次，最终仿佛忍无可忍地抬起来，把陶思稚的头推开了一点。

"看不到屏幕了。"蒋舸说。

"你们关系这么好啊。"蒋太太在前面道。

"嗯，"蒋舸帮陶思稚点完抽卡，又看了陶思稚一眼，对蒋太太说，“我经常帮他在游戏里抽卡。”

陶思稚几乎无法记忆情感。

与许多人认为的不同，他实际上可以拥有高兴的情绪，也能感到恼怒和焦虑，但在陶思稚的头脑中，强烈、感性的情绪只是当下的感知，永远与时间线上的事件分离，不可再次从回忆中调取。

然而说来十分奇怪，时隔多年后再次回想当时，陶思稚竟然好像能够触摸到自己当时的开心，仿若正在触摸四月末阴天傍晚的凉风。

陶思稚坐在床的边上，他觉得他再一次想起了蒋舸。

想蒋舸时，陶思稚感到空荡，因此并不愿多想。

他关灯躺下，闭上眼睛，但他开始感到自己好像忘记了什么事情。

辗转反侧一番后，陶思稚想到了。他重新打开台灯，掀开被子，下床走到洗衣篮旁边，蹲下来，从外套口袋里拿出了年会的奖券，安心地握到手里。

5

如同是潜意识想要补完未完成的回忆，这天晚上，陶思稚梦到了第一次见到蒋太太的后续。

陶思稚的梦境通常是对事件的完整重现，他梦到自己坐在蒋太太的车上，在蒋舸身边，回答了一些蒋太太提出的问题。

得知他家里没人以后，蒋太太坚持要带陶思稚回家吃饭。

她问陶思稚："思稚，你喜欢吃什么，或者有没有什么忌口的？我打电话跟煮饭的阿姨说。"

"哦，"陶思稚想了想，尝试告诉蒋太太，"我不太喜欢吃那种咬起来会发出声音的东西。"

蒋太太回头看了他一眼，看上去有点迷惑，陶思稚解释："比如芹菜和黄瓜。"

"还有腌制食品，"陶思稚说，"比如泡菜。"

"……"蒋太太安静了一会儿，说，"我问问你哥哥。"

她给陶思远打了个电话，陶思稚坐在后座，隐约听到他哥在那头感谢蒋太太，还听到断续的只言片语，比如"给他一碗饭"和"他自己会避开不爱吃的菜"。

她挂了电话，回头笑眯眯地对陶思稚说：“阿姨知道了。”

陶思稚跟她对视着，说“谢谢”。从蒋太太刚才的沉默，他也能够判断出自己必然又说了错的话或者做了错的事，就对她道歉：“我有点麻烦，对不起。”

“这有什么麻烦！”蒋太太摆摆手。

蒋舸坐在边上，背向后仰，贴着后座的椅背，玩着手机，好像对他们的交谈不感兴趣，没有说话。

蒋舸家很大，有花园景观，下车后，从旋转的室外楼梯走上半层，才能进门。房子客厅挑得很高，窗帘只拉了一半，落地窗外有大片绿色的草坪，夕阳把草边照成了金色，非常美丽。

餐厅在二楼，陶思稚跟着他们走上去，做饭的阿姨正在将做好的菜摆出来。

蒋太太低声跟她说了几句话，她给陶思稚盛了很满的一碗饭，比蒋舸的还要满。

看到陶思稚的碗的时候，蒋舸不知道为什么笑了笑。

他笑得很轻，不过还是被陶思稚听到了。陶思稚转过头看他，他面无表情地移开了目光。

那天蒋舸穿着校服的白衬衫。陶思稚还在穿长袖，蒋舸已经穿短袖，他的手臂很长，手很大，肌肉的线条像画像里会有的，肤色十分健康。

他的头发理得很短，眉骨微隆，鼻梁挺直，轮廓分明，线条也很流畅，是非常好看的。陶思稚看着他，但他没有看陶思稚，脸上也没有表情。

陶思稚看不出他是在生气，还是在想什么事情。

很快，他们开始吃饭了。蒋太太在饭桌上说话，提到了学校，还有蒋舸的成绩。

“明德的课程是不是都很难啊？”她问陶思稚，但是还没等陶思稚回答，她就又接着说，“蒋舸的第一次小考成绩不太好，我有点担心。他以前的学校虽然是双学籍，但是学的跟你们好像都不太一样。我和他爸爸给学校捐了一栋新的图书馆，学校才让他进去。”

事实上，陶思稚并不清楚蒋舸的课程设置，他在学校的数理先修班，蒋舸在平凡的普通班，两个班级课程都是不同的。

“以后蒋舸有不会的，你可不可以帮帮他呢？”蒋太太说。

陶思稚刚想说话，蒋舸突然开口：“妈，能不能别说了？”

他的声音很低，眉头紧皱，看着蒋太太。蒋太太和他对视了一会儿，叹了口气，低头吃了几口饭，又招呼陶思稚多吃点。

陶思稚不知道蒋舸和蒋太太感觉如何，但是这一顿晚饭，他吃得很是高兴，他发现蒋舸家的阿姨做饭很合他的口味，食材搭配健康，摆盘也很整齐。陶思稚吃得很饱，饱到昏昏欲睡。

饭后，陶思稚想要回家了。

“蒋舸，你送思稚回家吧？”蒋太太说，“你们两个青少年，肯定有别的话要说，妈妈就不打扰你们了。”

蒋舸看了看她，又看看陶思稚，似乎不大情愿地往门外走。

四月末的夜风之中，带着新草和不知名的花的香气。

陶思稚跟在蒋舸身后，看昏黄的落地灯光笼罩他。风就这样轻轻地吹过蒋舸，又吹到了陶思稚的脸庞和衬衫上来。

坐进车里，轿车开过蒋舸家外的一片银杏树林时，陶思稚问蒋舸：“蒋舸，你为什么转学啊？”他想知道蒋舸到底打不打人。

但蒋舸给了陶思稚一个无情的回答，他瞥了陶思稚一眼，反问：“你为什么抽不到卡啊？”

陶思稚沉默了几秒，又对蒋舸说：“如果你有不会的题目，可以问我，我会帮助你的。”

“我没有不会的。”蒋舸冷冷地说。

“有吧，”陶思稚提出异议，“我看到你桌子上放的抽奖抽来的‘名师改卷’了，错了一半。”

蒋舸终于把脸转向他，皱起了眉头：“陶思稚，你脑子是不是有什么问题？能不说话了吗？”

陶思稚只好不说话了。

蒋舸家离陶思稚家有一段距离，陶思稚看了一会儿窗外，觉得飞速向后的树木、房屋和灯让他头晕，就拿出了手机，打开游戏论坛。

他的帖子增加了很多新的回复，消息提示的小图标在右上方一闪一闪的。他先点入了首页编辑，更新主帖，把今天抽到的9张新卡和新的SSR添加进去，改了标题，将后缀改成“4.30大新”，然后才点进提示，阅读了起来。

看了几条，他发现蒋舸靠过来了一些，眼睛往自己手机上瞟。

“什么东西？”可能是为了看得更清楚些，蒋舸又靠过来一点点，表情怪异地读陶思稚帖子里的回复，“‘恭喜楼主转运’‘蹭蹭好运’。”

“蹭我吗？”他说。

陶思稚手指动了动，把“蹭蹭好运”隐藏了。

“陶思稚，”蒋舸叫他的名字，“我问你，你一共用我的手抽了几次？”

陶思稚侧过脸去，看了看蒋舸。

其实蒋舸离他太近了，理应超出了陶思稚能够忍受的距离，但奇异地，陶思稚不是非常排斥，可能是因为蒋舸身上有那么幸运的气息。

尽管如此，陶思稚还是没有马上回答蒋舸的问题，因为蒋舸和他的体形比较悬殊，而且陶思稚也知道，8 是一个太大的数字。

他面对诱惑，难以自控，抽得实在太频繁了。

蒋舸被他看了没多久，就催他："我问你话呢，你看着我算是几？"

陶思稚更不敢说了，可是他又不太会骗人，想了半天，自顾自走起了神。

最后蒋舸倒没有逼问他，只是对他说："陶思稚，你真是不太正常。"

这之后，直至到陶思稚家楼下，蒋舸都没有再搭理过陶思稚。

蒋舸打开手机，玩一个非常暴力的游戏。他玩了一路，声音开得很大，都是枪击声，还有人用带口音的普通话骂人，不过蒋舸没开麦说话。

到陶思稚家楼下，停好车后，司机帮陶思稚开门，蒋舸还是没理他，陶思稚自己走了。

陶思稚上楼，打开门，家里很空荡，他开了灯，坐在客厅里，把自己抽到的所有的卡都看了一遍，陶思远就回来了。

陶思远看起来疲惫至极，把公文包丢在地上，后仰倒在沙发里，发出一声大叫："啊！我要累死了！"

陶思稚看着他，有点难以忍受他乱丢在地上的包破坏家里的整洁，就走过去把包摆好了，就摆在沙发旁边。

"晚上怎么样？"陶思远躺着一动不动，只有眼睛在转，他看着陶思稚，高兴地说，"听蒋太太说我家弟弟交到朋友了，是不是？"

对于陶思远的说法，陶思稚感到很新奇。

他站在他哥旁边，低头看着他哥，有点好奇地说：“他帮我抽了卡，而且送我回来，算朋友吗？”

“当然算，不信你去问他。”陶思远冲陶思稚笑了笑，抬起手想摸他的脸。

陶思稚马上往后跳了一下，腿撞到沙发，差点摔倒。

他哥说：“越长大越小气。”

他装作没有听到，往房间走。

他哥追在后面喊着：“明天九点要去干预中心，你醒了之后记得来敲我门。”他却在想，原来交朋友这么简单。

然后陶思稚的梦结束了，二十五岁的陶思稚在员工宿舍的床上醒来了，梦的结局是十七岁的陶思稚以为自己终于交到了朋友。

但真实的结局并不是那样，陶思稚在床上坐了一会儿，揉了揉脸，不大清醒地想了想梦的后续。

第一次去蒋舸家的三天后，五一假期结束了，陶思稚回到学校，去食堂吃晚饭。

食堂里人很多，陶思稚坐在靠近大门的角落，吃到一半时，他看到蒋舸和几个同学走进来。

蒋舸看到了他，脚步似乎顿了顿，陶思稚想朋友是不是应该打招呼，抬起手，对蒋舸挥了一下。

蒋舸的同学也看到了，其中一个突然扑哧笑了，还拍了蒋舸的肩膀。蒋舸皱了眉头，瞥了那个人一眼。那个人不再笑了，但蒋舸也没再看陶思稚，他继续向前走了。

所以陶思稚只好放下了自己挥动的手。

当然，当时陶思稚并没有产生什么情绪波动，现在也没有。

忽然间，陶思稚的闹钟响了起来，他该起床上班了。他立刻下床，走到浴室刷牙洗脸。

换好了衣服之后，他拿起手机，看到手机里显示有两条新的短信。

“早，起床了吗？”

都是蒋舸发来的。

他给陶思稚发：“昨天我喝醉了，对不起。”

6

陶思稚看着蒋舸发来的短信，觉得好像有哪里不对。

他想了一阵，没想到，就被屋外雨声吸引了注意。

现在是早晨六点半，但是雨并没有停，陶思稚拉开窗帘，俯瞰窗外的集团厂区。密集的雨滴从天空往下掉，落在灰色的建筑和水泥地上，看起来很冷。

陶思稚换好了衣服，又加了一件羽绒外套，才拿伞下了楼。

走出公共休息区的门厅，陶思稚撑开伞，走进雨里，发现在离他不远的地方，站着一个也撑着伞的人。

他又走了两步，认出了蒋舸，停了下来。

蒋舸看着陶思稚，很慢地说："下雨了，我带你到大楼吧。"蒋舸站得挺拔，看上去更加高了。

陶思稚离他大约两米，把伞往后仰了一点，好更清楚地和蒋舸对视。

两个人站了一会儿，一阵风吹过来，雨也斜了斜，打到了陶思稚的手背上，陶思稚打了个寒战。

这时候，蒋舸好像忽然不愿意等了，他走过来，用没撑伞的手，一把捉住了陶思稚的手背，把陶思稚的伞拿走，收起来了，然后用他的伞遮住了陶思稚。

“走吧。”蒋舸说。

蒋舸身上不像昨天晚上那样散发着暖意，他的手非常冰冷，像块软一点的冰。

陶思稚看到蒋舸的大衣上有很多晶莹的小水珠，发现他的皮鞋的鞋面也湿了，在阴雨天气的室外光里，鞋面产生一圈微弱的反光。陶思稚觉得蒋舸好像已经在外面站了很久一样。

蒋舸往前走，陶思稚跟他往前走去了。

走了一小段路，雨更大了。

一开始，蒋舸没说话，过了一会儿，才说：“你离我近点，我的伞没那么大。”

陶思稚抬头看了看，发现伞基本撑在他头顶上，蒋舸个子大，遮不到什么，陶思稚稍微往蒋舸那边靠了靠。

快走到宿舍区门岗的时候，蒋舸似是随便地问陶思稚：“怎么不回我短信？”

陶思稚仰头看了看他，他没看陶思稚，眼睛直视门岗。

“哦，”陶思稚回答，“我不喜欢回短信。你的短信我看到了。”

蒋舸沉默了。最后走到了蒋舸车边上，蒋舸给陶思稚开了门，让陶思稚坐进去，然后绕过车头，自己也进了车里。

车里面很温暖，蒋舸没有马上开，他坐了片刻，才对陶思稚说：“你以前会回。”

陶思稚侧过脸去，看着蒋舸的脸。

在车顶的阴影下，蒋舸的眉眼非常深刻，他看着前方，换了挡，缓缓地启动了轿车，就像什么都没说过一样。

陶思稚把目光往下移，看到蒋舸搭在方向盘上的手，忽然想起了早上觉得不对的地方。

他对蒋舸说："酒后驾驶机动车，记 6 分，罚 500 元，暂扣驾驶证 1 至 3 个月。你违法了。"

蒋舸愣了愣，忽然看他一眼，又笑了笑，低声问："怎么突然懂这么多，你考驾照了？"

"还没有考，"陶思稚回答他，"不过在准备科目一，你以后不要违法了。"

蒋舸像没有听到陶思稚说话一样，继续盘问："你自己想学的吗？"

陶思稚只好告诉他："我哥想让我学。"

听到陶思稚提到他哥，蒋舸突然皱了一下眉头，然后面无表情地说："陶思远要你学车干什么，终于懒得接送你了啊？"

"不是的，"陶思稚觉得蒋舸说话奇奇怪怪的，对他解释，"我哥说，如果一个人会开车，生活就会方便很多。"

"你自己想学吗？"蒋舸平静地问他。

蒋舸问了一个陶思稚觉得很难的问题。

如果非要说想和不想，陶思稚正在做或做过的许多事情都是他不想做的，但不代表他不能做。

有时想和不想对于陶思稚来说没有多大的意义。

陶思稚想想，看了一下蒋舸。

蒋舸眼睛直视前方，没有皱眉头，但是唇角很平。车里一点音乐都没播，雨落在车的外壳上，由于雨势又大了，他们在车里听到了很轻很闷的声音。

"雨好大啊。"陶思稚看车窗外，换了一个话题。

但蒋舸并没有放过他，蒋舸对陶思稚说："我觉得你不想。如果想学，你就不会打算抽到车就放到二手平台卖掉。”

陶思稚无法反驳蒋舸的话，他想了片刻，终于想出了自己的答案：“没有像想玩游戏一样想，比坐地铁想一点。”

这时，轿车驶入了集团办公楼的地下入口，雨声消失了。

蒋舸把着方向盘，进入地下二层的时候，他说：“陶思稚，你现在都敢一个人坐早高峰的地铁了。”

陶思稚没答话。过了少时，蒋舸说：“我们刚认识的时候，第一次去坐地铁，你在地铁上靠着我。”

“你说自己有点害怕，靠得很近，好像我是你的救命稻草，”他说，“不过你没什么力气，所以我也不累。”

陶思稚非常不想跟蒋舸一起想那些事，他觉得生气，想要马上离开蒋舸的车。

但蒋舸似乎并没有发现陶思稚生气，他目视前方，像试探一样，将手越过座位中间，很轻很轻地握住了陶思稚的手臂。

他的手还是很冰。

停到一个离电梯很近的固定车位上以后，蒋舸就放开了陶思稚。

他们在不同的楼层下电梯，陶思稚的低一点。

走到自己的工位上之后，陶思稚开了电脑，但是有点心不在焉。

陶思稚觉得蒋舸把他们坐地铁的过程说得很奇怪，而且当时整件事中，坐地铁是最不重要的一段。

他不明白蒋舸为什么把坐地铁记得那么牢，反而不说别的。

7

蒋舸所说的事发生在 5 月 20 日至 5 月 21 日。

对陶思稚来说，那是一段与蒋舸的形容完全不同的记忆。如果请陶思稚把来龙去脉说清楚，他会说得很完整、很长，但绝不会着重提起地铁。

那是陶思稚的一场惊天大灾难，一次巨大的错误、灾祸。

陶思稚至今记得，在 5 月 20 日，周三傍晚，休息时间的寝室里，大约 6 点 7 分，蒋舸接到了一个电话。

当时，陶思稚坐在自己的椅子上玩游戏。

他已经半个月没抽卡了，觉得自己抽不到很好的卡，又没有理由让蒋舸帮他抽，内心有些困扰。

这段时间，蒋太太又邀请陶思稚去她家里吃过两次饭，但蒋舸都没怎么理会陶思稚，和陶思稚的交流非常少。

听到蒋舸说话，陶思稚忍不住听了一下。

不知对方和蒋舸说了什么，蒋舸回答：“哦？定在哪里？”

“不行啊，我住宿。”他说。

过了一会儿，他又对电话那头的人说：“不知道这种重点高中有没有好翻的墙。”

“行吧，我问问。”蒋舸挂了电话，转头叫了那天也在寝室的张东匀一声，问他：“学校晚上有没有什么地方方便我出去？”

“现在不清楚了，”张东匀摇了头，“我们以前用过的地方，因为去年有个人想进来找女朋友，被保安抓到，已经被学校封起来了。”

张东匀是体育特长生，经常夜不归宿，陶思稚一直以为他是去校外比赛，至今才豁然顿悟，可能有时候是在外面玩。

明德中学大部分学生规矩得过头，因此学校对宿舍的检查并不是很严格，连学生偷带手机也睁一只眼闭一只眼，只要不在光天化日之下拿出来，便不大会管。

“你要干什么？”张东匀问蒋舸。

“我朋友后天要去上学了，约我到网吧开黑。”蒋舸皱着眉头。

张东匀叹了口气，说：“现在门不好出啊。”

他又问蒋舸：“你当时为什么会选住宿？我看你没什么住宿的必要。”

“我爸逼的。”蒋舸简短地说。

这时，心怀鬼胎的陶思稚主动地加入了他们的话题：“我知道哪里能出去。”

开口的时候陶思稚觉得自己十分机智，谈判能力达到了前所未有的高度，当晚就后悔了。

“你知道？”蒋舸转头看他，眉头还是皱着，看起来并不相信陶思稚。

“我知道，”陶思稚告诉他们，“我每周在校园里徒步巡查两次，检查校园的环境有没有发生变动，学校的各个角落，都被我掌握得很清楚。”

张东匀和蒋舸看着他，都不开口说话。

“你可以从一个地方出去，”没人夸奖陶思稚，陶思稚只好接着说，“那个地方的红外对射报警器明显已经损坏，保洁的人一直在那里晾晒拖把，从来没有报过警。”

蒋舸眉心松开些许，和陶思稚对视着，缓缓问：“在哪里？”

陶思稚马上拿起手机，凑到蒋舸面前，邀请蒋舸：“你先帮我抽一下卡好了。”

“……”蒋舸往后避了避，看了陶思稚几秒，断然拒绝，“不行。你先告诉我在哪，我再帮你抽。我怕你骗我。”

“我不会骗你的，”陶思稚说着，蒋舸突然站了起来，陶思稚受到惊吓，马上说，“好吧。”

“在二号实验楼背面，小树林里，保洁房的旁边。”说完，陶思稚问蒋舸，“可以抽了吗？”

“小树林里还有保洁房呢？”张东匀咋舌。

蒋舸非但没有回答，还问了一个在陶思稚看来水平非常低的问题：“二号实验楼在哪里？”

不过陶思稚仍然耐心解答：“在一号实验楼东边。”

“……这样吧，”蒋舸说，“下了晚自习，我到你们班门口找你，你带我过去。”

“这怎么行？”陶思稚连忙回绝，“下晚自习以后不能在学校里乱走，学校有规定。”

“你不想抽卡了吗？”蒋舸突然对陶思稚笑了笑。

蒋舸笑起来很好看，不过后来陶思远跟陶思稚提过，说他一看到蒋舸笑，就知道肯定是个彻头彻尾的小流氓、坏坯子。

陶思稚没有分辨坏坯子的能力，他老实地对蒋舸说：“我想的。”

“我帮你抽十次，”蒋舸的笑容大了一点，温和地看着陶思稚，“好吗？”

面对诱惑，陶思稚没有守住自己的底线，他下一秒就听到自己说：“好的。”

这就是那场灾难的开端。

三个小时后，九点三十分，陶思稚走出教室，拐过转角，就看到蒋舸靠着墙在等自己。

蒋舸抱着手臂，单肩背着书包，冲陶思稚扬了扬下巴，陶思稚想想十次抽卡，就走了过去，领着蒋舸往楼下走。

下晚自习的人很多，他们在人群里，走出了主教学楼，沿着草坪来到了通往实验楼的小径。

小径周围有两盏路灯，灌木丛挡住了灯光，四周很暗。陶思稚走在蒋舸前面一点。走了一段，蒋舸在他身后说：“怎么那么远？”

陶思稚不知道回答什么，就没说话。他们经过一号实验楼，到了二号实验楼的背面，踩着草坪穿过小树林，来到了保洁房旁边。

“就是这里，”陶思稚用气声对蒋舸说，“你爬出去就可以了。”

蒋舸拿出手机，像是想打光照一下围墙，陶思稚突然看到了两个手电筒一晃一晃的光，提醒他说：“保安来了。”

蒋舸愣了愣，回头看了一眼，拉着陶思稚躲进了保洁房和围墙间的空隙。

等待保安离开的过程有点煎熬，因为两名保安走到保洁房门口，抽了支烟，还聊了会儿天。

陶思稚和蒋舸挤在一起站了很久。

五月初天气有点热了，蒋舸身上很烫。陶思稚抬起手，想把蒋舸推开一点。蒋舸也不知道误会了什么，抓住了陶思稚的手腕，嘴唇贴在陶思稚耳边，用轻得不能再轻的声音警告陶思稚：“老实点。”

最后，保安终于离开了，但更大的灾难降临在了陶思稚身上。

时间过了十点，宿舍熄灯，陶思稚回不去了。

当晚翻墙的具体细节，陶思稚永远不想再回想。他的四肢协调能力很差，在蒋舸的推搡下，好不容易翻过墙，还摔在了地上。

出学校以后，蒋舸又拉着他走了一整条街，到了一条大路上，才打了车。

在去的途中，他们顺便接了一个叫杨骁的人。

陶思稚后来又见过杨骁几次，杨骁对陶思稚很友好，还帮陶思稚抽过一次卡。不过他的手气和陶思稚一样一般般，陶思稚就不请他帮忙抽了。

蒋舸去的网吧在市中心的一条两边种满了法国梧桐的路上，时间不早了，沿街的店铺大半打烊了。

走到网吧门口，陶思稚听见楼上爆发出一阵喧哗声，隐约看见二楼有很多电脑屏幕在闪烁，很不想上去，问蒋舸：“我可不可以去别的地方？”

蒋舸瞥他一眼，问：“你去哪？”

陶思稚也不知道自己要去哪，但他坚持说：“我去别的地方。”

蒋舸没多问，摆摆手说：“行吧，那就早上五点，这里碰头，别睡过头就行。”

陶思稚说“好”，掉头往不知道什么的方向走，蒋舸又突然叫住了他。

“等等，”蒋舸问他，“你带手机了吗？”

陶思稚回过头去，说：“带了。”

“你把号码给我。”蒋舸解了手机的锁，递给陶思稚。陶思稚把自己的号码输进去，还给蒋舸，蒋舸打了陶思稚的电话，说：“我的你也存着。”

陶思稚点点头，掉头要走，蒋舸又叫了他一声，皱着眉头说：“跑这么快干什么？”

“你没带钱吧？”他说着，拿了几张钱给陶思稚，“拿着。”

陶思稚又听到里面的喧哗声，想快点跑得远远的，胡乱接过来就走了。

陶思稚沿着路走了许久，觉得很累，也困了，想要回家，就打了出租车，回了自己家的小区（回家的选择让灾难又扩大了一点）。

小区保安认识他，给他开了门。他走到了自家楼下，发现他哥的车并没有停在路面的车位上。这是一个不祥的预兆。

陶思稚按了密码，打开楼下的大门，坐电梯到家门口，给他哥打电话，他哥没接，敲了很久的门，也没有人开。

他在家门口站了很久，只好走了。

走出小区，已经是凌晨一点了，陶思稚没有地方可去，只好打车，重新回到了蒋舸在的网吧。

网吧外不远处的梧桐树下，有一把铁质的长椅。陶思稚坐在上面，玩了一小会儿游戏，迷迷糊糊地睡着了。

睡了不知多久，陶思稚被人推醒了，他睁开眼，看到蒋舸。

“陶思稚，”蒋舸俯身看着他，手按在他肩膀上，眉头拧着，“醒醒。”

“哦。已经五点了吗？”陶思稚头很晕，脑袋晃来晃去，眯着眼睛问蒋舸。

“早着呢，”蒋舸说，“杨骁出来拿外卖，回来跟我说你坐在外面睡觉。你不是要去别的地方吗？”

杨骁站在蒋舸身后，也看着陶思稚。

“我回家了，”陶思稚觉得睁眼很累，就闭起了眼睛，对蒋舸说，“但是家里没人。”

“你怎么不进来找蒋舸啊？”杨骁突然开口。

陶思稚睁眼看看他，说：“我不喜欢很吵的地方。”

他想想，又批评这个网吧：“而且里面太黑了。”

他说：“既然没到五点，我还要睡一会儿，你们走吧。”他再次靠着椅背，安静地闭上眼睛。

“……陶思稚，”蒋舸说，“……你先起来。”

最后蒋舸给陶思稚单独开了一个房间，让陶思稚在里面睡觉。

房间很大，有 10 台电脑，还有床，隔音比陶思稚想象中好。但是陶思稚仍然很难接受在不熟悉的地方睡觉，只好又坐着睡着了。

从出生至成人，这一夜可以列入陶思稚的十大糟糕经历，并且排名非常靠前。

更可怕的是，灾难并没有在这里就结束。

不知道为什么，他们睡过头了。

之所以说是他们，是因为陶思稚醒来时，发现蒋舸也睡在这个房间里。

当时已经是早晨七点十分，进入了全市的早高峰，打车从网吧到学校，可以堵整整两个小时。幸好网吧对面有地铁站，三号线直达学校后门，只需二十分钟。

这就是陶思稚被迫坐地铁的原因。

陶思稚一直认为，但凡蒋舸能够定一个五点的闹钟，他就不用坐地铁了。

早晨的地铁人太多了，陶思稚感到非常、非常不舒服，内心也是十分后悔。

在地铁站是灾难，进地铁后更是灾难。

在拥挤得脚都快悬空的地铁里，被四面八方涌来的嘈杂声音包围着，陶思稚精神紧绷，只能靠近了蒋舸，因为他只认识蒋舸一个人。

蒋舸看他靠近，仿佛警惕地问他：“你干什么？”

“我有点害怕。”陶思稚没精神地说。

他凑合着像以前在拥挤的场合靠近陶思远一样，伸手环抱住蒋舸的腰。蒋舸没推开他，所以陶思稚将头埋到了蒋舸怀中。

回到学校，翻墙的时候，陶思稚又差点摔了，蒋舸接住了他。他赶上了第一节数学课，但是在课上睡着了。

数学老师把他叫醒了，担忧地说他脸色不好，问要不要给他开一张休息单回寝室睡觉。陶思稚点了头，拿了老师给他的休息单迷迷糊糊回到了寝室里，爬上了床，一直睡到中午。

午休的时候蒋舸回来了，看到陶思稚在睡觉，摸了摸陶思稚的额头。陶思稚被他摸醒了，心中有些气愤，翻过身去，背对着蒋舸。

蒋舸在他身后问：“不是要抽卡吗？”

陶思稚装作没听到，说：“睡着了。”

过了一会儿，陶思稚真的又睡着了，入睡前仿佛听到蒋舸说了“那晚上吧”之类的话，不知是陶思稚想象出来的还是蒋舸的确说了。

这就是蒋舸所说的事件的全貌，也是陶思稚一次极为不佳的地铁体验。

尽管回学校以后，蒋舸确实替陶思稚抽了许多次的卡，但这场灾难性的体验还是给陶思稚留下了很深的阴影。

此后陶思稚徒步巡查校园，再也没有接近过二号实验楼。

8

周六上午，陶思稚的工作效率有所下滑。

他总是写一会儿代码，便不自觉地打开自己的日记表格。他想把早晨发生的事写进去，但不希望蒋舸出现在这张表格里。最后，他打下了这样一句话：“今天不是一个人来上班的。”

陶思稚通读这个句子，感到较为满意。

做完上午的工作，雨停了，太阳出来了。陶思稚接到了他哥的电话。

“下午还是六点来接你，行吗？”他哥问他。

陶思稚说：“好。”他哥没有立刻挂断，好像聊天一样，问陶思稚：“这几天有没有发生什么新鲜事？”

“没有，”陶思稚先否定了，又突然想到早晨跟蒋舸在车上的对话，便对他哥说，“不过，我今天突然发现自己非常不想学车，你知道我怎么发现的吗？”

陶思远冷酷地回答：“我只知道答应别人的事就要做到。”

陶思稚“出师未捷身先死”，那句挺有道理的“抽到车想放二手平台卖代表不想学车”都没有机会说出来。

挂了电话，陶思稚站起来，去吃饭了。

陶思稚只在三楼的食堂吃饭，因为三楼用餐的人数最少，受他认可的座位最多。

他进了食堂，晃来晃去看了一圈，拿了饭菜、芒果，以及一杯水。

吃完午餐，陶思稚坐在位置上玩了一会儿游戏，钻集满后，正在犹豫到底是自己现在抽卡，还是晚上让他哥帮忙抽的时候，他听见餐厅门口传来了喧哗声。陶思稚抬起头，看到一群人走进来了，蒋舸也在里面。

蒋舸在跟人说话，本来应该看不到陶思稚，但他转了一下头，正好和陶思稚的目光对上。蒋舸愣了一下。

在蒋舸移开目光之前，陶思稚先转开了脸。他装作什么都没有看见，锁上手机，站起来走掉了。

陶思稚坐在靠门的地方，由于不想正面碰到，他还往左边绕了一个小圈，绕过了那群人，为此多走了 54 步。

出了餐厅，陶思稚的脚步变慢了。

他走到电梯旁，踯躅片刻，走回餐厅门口，躲在磨砂玻璃门后面，探头探脑地偷看了一会儿。

蒋舸坐在角落的窗边正在跟其他人说话，很意气风发，又穿着西装，非常成熟的样子。不知道为什么，其他人好像都有点怕他。

其实蒋舸以前也是这样，在学校和寝室横行霸道，把陶思稚拉来拽去。当然有时他也会对陶思稚妥协，露出非常无奈的表情，问陶思稚到底为什么会这样。

陶思稚已经好几年没有见到蒋舸了，因此总觉得面前的蒋舸不是真实的人。

他以为蒋舸永远都不会再出现在他的面前了。看蒋舸的片刻之间，陶思稚有些希望蒋舸能变成一个可以被拿来拿去的塑料摆件，因为摆件不会制造意外，塑料结构很稳定。

过了一小会儿，又有两电梯人下楼吃饭，浩浩荡荡吵吵嚷嚷往门口涌来。陶思稚赶在他们挤进门之前走了。

下午六点钟，陶思稚准时打卡下班了。

他坐了厂区的电瓶车出去，看到他哥抱着风衣，站在车旁边等他，脸板着，好像刚跟人吵过架。

坐进车里，陶思稚叫了他哥一声，打开了游戏界面，熟练地递过去。

他哥接过他的手机，看了他一眼，忽然问："这周抽了几次啊？"

"没抽。"陶思稚说。

"哦？"陶思远用有点奇怪的语调说，"没有同事或者别的谁帮你抽吗？"

"谁啊？"陶思稚看着他哥的手指。

他哥的手指在屏幕旁将点未点，陶思稚伸手过去，按了一下他哥的手。

"你觉得有谁？"陶思远把手机还给了陶思稚。

陶思稚一张一张看卡片，一张新的都没有，他感到有点失落。

陶思远启动了车，往大路上开，等陶思稚收起手机后，他叫了陶思稚一声，说："我刚才等你的时候看到蒋舸了，穿得人模狗样的。"

陶思稚还在想自己的卡，意兴阑珊地说："哦。"

"不过流氓就是流氓，"他哥又说，"别以为穿了衣服我就看不出来。"

陶思稚内心有些许沉重地打开他去年开的游戏帖子，在主楼更新：没抽到新卡。

这周陶思稚的父母和朋友出门旅游了，厨艺不好的陶思远做了符合陶思稚要求但是有点难吃的晚餐。

陶思稚安静地吃掉了自己需要摄入的最低量，陶思远没吃几口就把碗推远了，做出标准的嫌弃的表情。

饭后，两人照例一起看电影，没看多久，陶思远接了个工作电话，急急忙忙出门了，陶思稚只好自己接着看。

没有了陶思远的解说，这部电影对陶思稚来说有点难看懂。他看到女主角突然脱衣服，没有理解为什么，倒回十分钟，想重新看看，手机突然响了起来。

蒋舸给他打电话了。陶思稚按了暂停，接起电话。

“在干什么？”蒋舸问他。

“看电影。”

“看什么电影？”

陶思稚说了电影的名字，蒋舸又问他：“好看吗？”陶思稚含含糊糊说不出来，没有挂电话，重新按了播放，继续看电影了。

蒋舸在那头等了一会儿，可能终于意识到陶思稚不会再说话了，就又说：“你一个人在家？”

陶思稚“嗯”了一声，蒋舸就说：“我在你家附近，客户给我送了你喜欢吃的栗子蛋糕，反正我也不吃，给你送来吧。”

陶思稚有点想吃栗子蛋糕。

“我喝酒了，没开车，走过来的，”蒋舸又说，“外面下雨了，想到你家避雨。”

陶思稚拿着手机，走到窗口，发现确实下雨了，有点犹豫地同意了：“那好吧。”

过了大约十分钟，楼下有人按了门铃。

陶思稚按了开锁，又过了三分钟，家里的门被敲响了，陶思稚走过去打开，看到蒋舸提着一个纸袋，湿淋淋地站在门外，看起来有些狼狈。

他把纸袋递给陶思稚，在门口把外套脱了，挂在玄关的衣架上，换了拖鞋。

陶思稚闻到了蛋糕的香味，眼睛不住往袋子里看。蒋舸看着陶思稚，忽然笑了笑，说："能不能帮我倒杯水再吃？"

陶思稚说："好的。"

他走到墙边，踮起脚，伸手从钉在墙上的玻璃柜里拿给客人用的水杯。

陶思稚家里用来置物的平台，几乎都钉在墙上，近年才慢慢添置了一些矮的柜子。

小学一年级的上学期，陶思稚在学校过得非常不好，他出现了严重的语言和行为倒退，成日精神恍惚，重复他人的话，只要有人打断他，他就会开始尖叫，父母和哥哥也完全无法和他交流。

在陶思远的坚持下，陶思稚被带去儿童医院精神科看诊，被诊断为高功能的自闭谱系障碍。

干预师建议陶思稚的家人把陶思稚需要的东西都摆到他够不到的地方，促使陶思稚开口和家人交流。陶思远就跟家人一起，在墙上钉了很多平木板和柜子。

放水杯的这个没估好高度，陶思稚他妈都拿不到。

不过她说这样就能使唤儿子和老公去拿杯子了，不让陶思远和老公重新钉。

蒋舸第一次到陶思稚家里，觉得陶思稚家很奇怪，问他：“你家钉这么多板干什么？”

那一次陶思稚专心拿杯子，没有回答。杯子刚拿到手里，蒋舸不知什么时候走到他的身后，手按着他的腰，从背后贴近他，对他说：“你的衣服太短了。”

陶思稚觉得很痒，所以转身笑了。

这次陶思稚顺利地拿到了杯子，去餐厅给蒋舸倒了水。

或许是作为回报，蒋舸帮他拆开了蛋糕，陶思稚有点高兴地吃了起来。

吃了一会儿，蒋舸突然伸手，拍了一下陶思稚的脸颊，陶思稚抬起头，疑惑地问他：“有事吗？”

“没有。”蒋舸说，然后把手放下了。

蒋舸的手又是冷的，陶思稚觉得奇怪，边吃边想，不知道蒋舸的手在什么时候才是热的。

9

栗子蛋糕很好吃，陶思稚好几年没有吃过，因为买蛋糕要排队。

他不喜欢排队，排队时前后都是人，后面的人可能会离他很近，近得让他全身僵硬。而且栗子蛋糕是秋冬限定，队伍很长。

上一次陶思稚吃到是在大一的冬天，他让没排过这家店的他哥帮他排，自己躲得很远，在百米开外、人烟稀少的位置看。

陶思远排完队，买到蛋糕，走了好远走到陶思稚身边，面无表情地告诉陶思稚："珍惜这块蛋糕吧，你以后再也没机会吃了。"

陶思远肯定没想到，在他独自出门工作的雨夜，陶思稚还是吃到了。

栗子蛋糕是切块的，但分量有点大，陶思稚吃了半块，就饱了。正想放下叉子时，他听到蒋舸说："中午你看到我了吗？"

他抬脸看看蒋舸，"嗯"了一声。

"为什么不跟我打招呼？"蒋舸问陶思稚，脸上有一点微笑。

如果看眼部和面部不同的肌肉走向，陶思稚会说蒋舸笑得有点勉强，但他不能肯定。他告诉蒋舸："人太多了。"

蒋舸怔了怔，过了几秒钟，对陶思稚说："你以前跟我坐一起吃饭，旁边人也很多。"

陶思稚没说话，蒋舸安静少时，又对陶思稚说：“你是不想理我吧，你是不是生我的气？”

他说话的语气并不激烈，好像在问陶思稚一些生活问题，但无论蒋舸表现得多平静，这些全都是陶思稚无法也不愿意回答的。

陶思稚放下了叉子，有点装模作样地看了看远处客厅墙壁上的电视机：“我要去看电影了。”

他站起来，往客厅走，被蒋舸拉住了手腕。他回过头，蒋舸站起来，把他拉近了一点，低头看着他，问他说：“陶思稚，你是不是一直都在生我的气？因为你很想我，但是我没来找你。”

蒋舸把声音压得很低，说些莫名其妙的话。

陶思稚不喜欢这样，他低下头去，用劲想把手抽出来。用了几下力，蒋舸松手了。陶思稚后退了一步，又退了一步，转身到客厅去了。

电影已经播到很后面了，陶思稚重新按回到他没看懂情节的往前十分钟，打算再看一遍。

看了四分钟，蒋舸走过来了，站在沙发旁边，没有靠近陶思稚，和陶思稚一起看。

电影又播到女郎脱衣，陶思稚仍然没懂，他有些烦躁，按着遥控往前拉。

等他放下遥控，蒋舸问他：“你没看懂吗？”

陶思稚过了片刻，才“嗯”了一声。

蒋舸又说：“哪里不懂？”

陶思稚偏过头，看看蒋舸。蒋舸站在客厅和餐厅中间的阴影区域，陶思稚看不清楚他的表情，想了想，问：“她为什么脱衣服？”

“她喜欢比尔，想跟比尔上床。”

陶思稚觉得很难理解：“怎么看出喜欢的？”

“眼神，举止。”蒋舸低声告诉他。

“我看不出来，”陶思稚又看看画面，想了一会儿，迷惘地看向蒋舸，问，“喜欢和上床有什么关系？”

陶思稚现在只知道确认关系后才可以上床，他哥说的，而且要见过家长。

蒋舸沉默了，他看着陶思稚，仿佛一个雕塑，一动也不动，好像陶思稚说了什么天理不容的错话。

陶思稚看着一言不发的蒋舸，心里慢慢腾升起汹涌的、怪异的、莫名的烦躁，像想要责怪自己，也想要责怪蒋舸。

因为蒋舸让他弄不懂了，蒋舸又把世界变得复杂了。

“蒋舸，”陶思稚忍不住抬高了音量，大声地责备蒋舸，“你不要这样。”

蒋舸在一夜之间回到了陶思稚的世界，给他带了蛋糕，但是非常有可能，明天又不见了。陶思稚觉得蒋舸非常非常讨厌。“你快点走吧！”他说，“快点不见！”

他希望蒋舸从现在开始永远不见，开始想把蒋舸赶走。不过论推推搡搡，陶思稚绝不是蒋舸的对手，所以陶思稚把电视机关掉了，走回自己的房间，把门关起来，还锁住了。

他坐在自己的椅子上，戴好耳机，打开音乐，做了一件较为出格的事，用以转移情绪和注意力——他随机播放了自己建的歌单。

第一首播放的竟然是陶思稚最喜欢的歌曲。

歌曲很老，是陶思稚高中时代的一首流行歌，高二时经常在傍晚的校园广播电台听到。陶思稚很喜欢听这首歌，他觉得听这首歌的时候，他离其他的人很近。他往常并不愿意细想自己会产生这种感觉的原因，但他是知道原因的。

他和蒋舸存在一些开心的回忆。

最早的开心的回忆发生在一个播放过这首歌的傍晚，因为是最早的，陶思稚记得很清楚。

顺带一提，这一回忆与今天中午在食堂发生的有少许相似之处。

回忆的发生时间仍然在高二的下学期，6 月的月考来之前，确切地说是在 6 月 12 日。

周五晚上，蒋舸的妈妈接了蒋舸和陶思稚回家吃饭，其间提起了月考的事。

蒋舸上一次月考的成绩很不理想，他听到蒋太太提起这个话题，脸色顿时变得很差，一言不发地迅速吃完，兀自放下筷子，上楼了。

蒋太太看着他的背影，皱着眉头告诉陶思稚：“蒋舸在以前的学校成绩不差的，进明德第一次考试到现在，都没有拿到好的分数，可能有一点落差。”

陶思稚轻轻“啊”了一声，她问：“思稚，你学习那么好，可不可以帮他复习一下啊？”

“可以的。”陶思稚答应了。

饭后蒋太太带着他上楼，敲门进了蒋舸的房间，劝说了蒋舸几句，说：“让思稚跟你一起复习吧。”

蒋舸面色依然难看，不过也没有直接拒绝，站起来，和蒋太太、陶思稚一起去了书房。

进书房后，蒋太太就出去了，陶思稚坐在蒋舸旁边，问他：“你有什么不会的？”

蒋舸马上说："没什么不会的。"

陶思稚顿了顿，看到蒋舸桌子上放着老师批改过的考卷，问他："我可不可以看看你做的考卷？"

蒋舸不太情愿，不过还是扔给了陶思稚。

陶思稚把蒋舸的数学试卷看了一遍，说："我给你讲一下错的题吧。我发现你可能有几类没有学过，一点都不会做。"

蒋舸开始听得不太专注，听了两题之后，大约从 8 点 5 分开始，变得认真起来。

讲完一张考卷上的知识点，已经 10 点 40 分，陶思稚的睡觉时间快到了。

蒋太太热情地邀请陶思稚住下来，陶思稚不想住在别人家里，坚持回家了。但他没有帮蒋舸完成所有的复习，觉得事情不完整，感到很难受，于是周六周日都去了蒋舸家，给蒋舸讲题。

蒋舸对待陶思稚的态度平和了一些，问了陶思稚一些问题。

不过陶思稚对蒋舸说"我觉得你没有我想象中笨"的时候，被蒋舸瞪了一眼，用中指的指关节敲了一下脑袋。

从周六下午开始，蒋舸就电话不断，他先接了几个，好像都是找他出去的，他都拒绝了。后来或许是觉得太吵，蒋舸把手机静音了，推到了很远的地方，和陶思稚一起，进行了整整两天的大量的学习。

陶思稚觉得很新鲜、稀奇，周六晚上回到家，跟他哥叙述了这件事，他哥恭喜他获得了社交的进步。

不过对是否和蒋舸做了朋友这个问题，陶思稚还是持保留态度。

礼拜天下午，陶思稚给蒋舸讲完了物理和化学的考点后，司机把他们送回了学校。在寝室理了理东西，蒋舸叫了陶思稚一声，问陶思稚要不要一起去吃饭。

当时是下午5点25分左右，陶思稚刚好看了表。蒋舸提问的时候站着，面向陶思稚，陶思稚坐着。

蒋舸穿着白色的校服衬衫，微微低下头，说话的样子非常随意，他的头发很短、乌黑，下巴的线条很好看，睨视陶思稚。

陶思稚说“好的”，他们一起走到了食堂，面对面坐着吃了饭，然后从食堂走出去。走了一会儿，校园广播播放了这首歌。

陶思稚从来没有在学校里跟人并肩走过，他觉得很高兴。

蒋舸走在他旁边，蒋舸很高，有时候迎面而来的人有好几个，陶思稚靠近蒋舸一点，两人的手臂会碰到，但是陶思稚并不觉得不舒服。

他们经过篮球场的时候，蒋舸被人叫住了，跑去打篮球了。

陶思稚没有感到低落。他在铁栏外看了一会儿蒋舸打球，天快黑了，他就走了。

晚上回到寝室，蒋舸又帮陶思稚抽了一次卡，那一次卡面与蒋舸手气最好时相较，没那么好，具体的卡面信息可以从陶思稚的主题帖更新中找到，不过陶思稚还是很高兴。

因此陶思稚变得很喜欢那首歌曲。

另外，他还记得蒋舸那一次月考的分数，分别是语文108、数学116、英语145、物理93、化学79、生物64，比上一次月考升了89个名次，是很大的进步。

陶思稚坐在椅子上，听了这首旧流行歌两遍。结尾的音乐减弱的时候，他的门被敲响了。

“陶思稚。”蒋舸的声音被隔在木门的外面，遥遥远远地传来。

陶思稚拿掉耳机，看着门，过了几秒钟，蒋舸又敲了一次，说：“你别生气。”他说“我先走了”。

接着好一会儿，门外都没有声音。

陶思稚轻手轻脚走到门旁，听了听，手机突然响了起来。蒋舸又给他打电话了，陶思稚想了想，接了。

蒋舸说：“我真的走了。”

陶思稚不说话，蒋舸又说：“没骗你。”

陶思稚“嗯”了一声。

蒋舸顿了顿，告诉陶思稚：“蛋糕帮你放冰箱了，最好快点吃完。”

陶思稚发了一会儿呆，问他：“雨停了吗？”

“没有。我打到车了。”

陶思稚又说：“嗯。”

陶思稚抓紧自己的手机，贴在耳朵边上，渴望对蒋舸说什么话，可是不知道自己想说的是什么，好像僵直地站在一个巨大的、空旷的白色广场上，周围没有人，也没有座位可以坐。

蒋舸在另一头平静地呼吸着。

最后陶思稚挂掉了电话，又戴上耳机，听起了别的歌曲。

10

陶思稚听了大半个小时的歌，去浴室洗了澡。他躺到床上，却辗转难眠。

闭起眼睛之后，他就会见到几小时前，站在两三米开外，因为他提了不对的问题而沉默的蒋舸。

现在的蒋舸总让陶思稚感到困惑和躁郁。

从年会到今晚，蒋舸对陶思稚说了两次，以前的陶思稚是不同的，但实际上蒋舸自己也是。

以前的蒋舸也不一样。

换作以前的蒋舸，他应该会在陶思稚看不懂电影的时候，嘲笑陶思稚的理解能力，说“你这都不懂”“你没救了”“卡还想抽吗？想就快回消息”，而不是沉默，或者对陶思稚说“你别生气”。

不过陶思稚也很清楚，不论是什么时候的蒋舸，从事实上而言，都对陶思稚有诸多忍让。

在上学时，陶思稚从来没能成为一个受欢迎的人，因为他行为举止怪异，总是发表不合时宜的言论。

在陶思稚认识的人之中，蒋舸是少数一开始就对陶思稚不错的。

比如刚认识两三个月，蒋舸就没有完全无视陶思稚，他会和陶思稚说话，也帮陶思稚抽卡。

虽然两人走在路上碰到的时候，蒋舸只会扫陶思稚一眼，几乎从不打招呼，但本来就没人会和陶思稚打招呼，这很正常。

在高二下学期的 7 月 15 日，陶思稚找到了一例能够诠释蒋舸对待自己态度的典型事件。

当天下午，他们拿到了期末考的成绩单，要开始为期一个月的暑假。

值得一提的是，这次考试，蒋舸的成绩相较月考又提高了一些。陶思稚在进步名单里看到了蒋舸的名字。

前一晚，陶思远给陶思稚打了电话，说明晚有事，又得让蒋太太帮忙接送。

下午放学后，为了避开人流，陶思稚等班里的同学走得差不多后才下楼，在主教学楼下的布告栏中阅读了所有的学生暑假须知和安全提示手册，遥看通往大门的主干道上没什么人了，才慢慢往前走。

靠近大门的时候，陶思稚看到了蒋舸。蒋舸身边有一群人，其中一个陶思稚认识。

那个人是陶思稚小学一年级时的同学，叫祝安泉。祝安泉好像感觉到陶思稚的视线一般，向陶思稚看过来。

他们离了五六米，看祝安泉的眼神，他也认出陶思稚了。

“哇，”祝安泉笑了，喊陶思稚，“这不是小偷吗？”

他说得很大声，陶思稚愣了愣。蒋舸好像也转过了头来，不过陶思稚不太确定，因为他迅速转身走掉了。

陶思稚走得有点快，可以说是在跑，只用五分钟就跑到了学校的小南门。

他喘着气拿出手机，回头看了一眼，鼓起勇气打开了网约车软件。蒋舸给他打了个电话，被他按掉了。

在软件上操作了半天，又按掉了蒋舸的两个电话，陶思稚终于选定了一台专车。

这个司机的评分很高，评价中有人写“车内卫生情况特别好”“司机话少”“车技好”“这样稳重的司机不多了”，都是些陶思稚看重的素质和品德。

没多久，车就到了，陶思稚坐上去，蒋舸又给他发了短信：“你挂我电话?

“人呢？”

陶思稚读完，先是切到了游戏页面，玩了一会儿，又切回短信，给蒋舸发：“我自己回家了。”

意料之外，蒋舸回得很快：“你回家干吗？”

陶思稚就没有再回了。

那一天的道路出奇地畅通，从学校到陶思稚家，几乎全程不堵，只用了大约二十五分钟。

陶思稚走进小区大门，又走到楼下，发现他哥的车停在车位上。

他放慢了脚步，站在他哥的车边，疑惑地看了半分钟，最后进了楼。他坐电梯上去，拿出钥匙，插进锁孔，怎么都转不动，发现家里的门从里面上锁了。

这是陶思稚本学期以来第二次被关在自己家门外，他觉得很不高兴，给他哥打了电话，想问问他哥，车怎么在楼下，家门怎么锁了，但他哥的手机关机了，打不通。

陶思稚在家门口站了很久，他的书包里放满了要带回家的书和考卷，非常重，但他不愿意放在地上，因此双肩很痛。

七点整，陶思稚决定离开，但是不知道该去哪里。

他往电梯口走，走到半路，手机振了起来。蒋舸又给他打了电话，他就在楼道里接了。

“你人呢？”蒋舸说，“短信都不回？”

陶思稚不说话。

蒋舸等了一会儿，又说：“你到底回家干什么？”

陶思稚想到家里锁住的门，还有他哥停在楼下的车，不高兴地对蒋舸说：“没回家。”

“家里的门被锁住了，我哥手机关机，”他告诉蒋舸，“我回不了家了。”

“……那怎么办？”蒋舸问。

陶思稚忧愁地说：“不知道。我在家门口，也没有钱了，没吃晚饭。”他所有的钱都用来玩游戏了，打完车后，他只剩几块钱了。

“……”蒋舸似乎沉默了几秒，才对陶思稚说，“你发个定位给我。”

陶思稚把小区门口便利店的地址定位发给了蒋舸，然后去了便利店。

他进店以后，用剩下的钱买了一个甜筒，坐到靠窗的椅子上，看外面的马路，等待蒋舸来给他买饭。

半小时后，蒋舸来了。

陶思稚的甜筒已经吃完了，包装丢到了垃圾箱里。他把书包抱在怀中，看着车来车往的夜晚的街道。有台出租车停在便利店门口，蒋舸下了车，抬头看到陶思稚，露出了介于迷惑不解与无可奈何之间的表情。

他隔着玻璃对陶思稚说了句话，陶思稚看懂了，蒋舸问他说：

“你是白痴吗？”

而后蒋舸朝便利店的门走去，推门进来，走到陶思稚身边，问他：“到底怎么回事？”

“我想吃那个饭团，”陶思稚指指店里挂着的新品招牌，对蒋舸说，“很饿了。”

蒋舸看上去很想对陶思稚实施暴力行为，但在最后关头，他的理智似乎战胜了情感，没有打人，去帮陶思稚买了饭团和水。

陶思稚接过来，慢慢吃掉了，又坐了一会儿，对蒋舸说：“很奇怪，昨天他给我打电话，说晚上有事。但是刚才回家，他的车停在楼下，家里的门从里面锁上了，电话也关机了。”

“我哥不见了。”陶思稚判断。

“……”蒋舸静了几秒，突然问，“你哥多大了？”

“二十七岁。”陶思稚说。

“哦……”蒋舸突然把目光转开了。

“怎么了？”陶思稚问，“你知道他在哪里吗？”

“在家吧。”蒋舸说。

陶思稚不是很同意，提出了异议：“那为什么锁着门，还关机？”

蒋舸愣了愣，看了陶思稚半天，没好气地对陶思稚说：“我怎么知道？”

“我没办法回家了，”陶思稚有点忧愁，担心自己露宿街头，又一次拿出手机，“再给他打个电话。”

还没解锁，蒋舸就把他的手机抽走了，用奇怪的语气说：“算了吧，万一他在忙呢。”

这时，陶思稚看到门口有拿着甜筒的小孩走过，就没管手机，转过头去，对蒋舸说：“我还想吃一个甜筒。”

蒋舸看了他一会儿，又像有点没办法地说：“给你买。”

他往收银台旁的冷柜走，陶思稚在他后面说："香草味。"蒋舸理都没理他，但最后拿过来的确实是香草味。

"谢谢。"陶思稚接过来。

蒋舸还是没理他。

陶思稚吃甜筒的时候，突然听到蒋舸叫了他一声："陶思稚。"

他抬眼看看蒋舸，蒋舸坐在便利店的高脚椅上，左脚踩在陶思稚椅子的踏脚环上，微微用力，晃了晃陶思稚的椅子，有点随便地问："你偷了什么，别人要叫你小偷？"

陶思稚转开了目光，吃着甜筒，看着街上的车流和灯火。蒋舸没催他，看了片刻，陶思稚对蒋舸说："我没有偷东西。"

蒋舸说："好吧。"

陶思稚把甜筒上面的冰激凌球吃平了，蒋舸又叫了他一声，抽了张纸巾递给他，说："擦嘴。"

陶思稚一手拿着甜筒，一手抱着书包，不方便接，便靠过去，就着蒋舸的手用纸巾蹭一下嘴角。当时蒋舸的手是热的，手指的关节碰到了陶思稚冰冷得有点麻木的下唇。

蒋舸皱了皱眉头，没说什么。

吃完冰激凌以后，陶思稚他哥打他电话了，陶思稚问他："你在哪啊？我要回家。"

陶思远支支吾吾地说刚到家，问陶思稚，要不要去蒋舸家接他。

"不用了，"陶思稚放下心来，告诉他，"我在小区门口的便利店，马上自己走回家。"

挂了电话，陶思稚站起来，对蒋舸说："他回来了，我要回家了。"

蒋舸"嗯"了一声，坐着没动。

他看上去好似被陶思稚困扰了，非常长的腿微屈着，脸上没什么表情地看着陶思稚。

陶思稚拎着书包，面对面看着蒋舸，看了一阵，对他说：“我哥跟我说，他们叫我小偷，是因为他们很无知。”

然后陶思稚就回家了。

后来陶思稚没有再在蒋舸附近见到过祝安泉，不清楚是凑巧没碰见，还是蒋舸的交友标准抬高了。

不过，按照蒋舸经常对别人爱搭不理的样子，陶思稚认为或许是祝安泉自发地远离了蒋舸。

当然这一切都是没什么交友经验的陶思稚的自发猜测，缺乏依据，不大可靠。

就像陶思稚永远不知道蒋舸在想什么，想做什么，为什么不理他，为什么笑，为什么冲陶思稚发脾气。

因为蒋舸不说，而且说了陶思稚可能也听不懂。陶思稚知道的，只有蒋舸很早就开始帮助他，时常对他包容。

想到这里，陶思稚伸出手，拉开床头柜的柜子，摸摸索索地拿出高中时期的旧手机，紧紧抱在了怀里，把眼睛闭得更紧了一点，和之前的 213 个出于相同的原因而睡不着的夜晚一样。

11

第二天上午，旅游刚回来的陶思稚妈妈发现了冰箱里的栗子蛋糕。

10 点 2 分，她穿着一件米白色的羽绒外套，手里提着回来的路上买的两大袋菜，风风火火进门，叫了陶思稚一声，准备做饭。

“你哥呢？”她把菜放在餐桌上，问陶思稚。

陶思稚窝在沙发里玩游戏，抬起头，还没说话，陶思远从走廊里走了出来，穿着很长的睡衣，看着有点不修边幅。

“年纪轻轻，起得这么晚，”他妈嫌弃地说，“我跟你爸像你这么大的时候，每天最多睡五个小时。”

陶思远选择性无视了她的话，反问：“爸呢？”

“去事务所了，”她把齐肩的卷发用大发夹夹了起来，提着菜去了厨房，“约了客户。”

陶思稚的父母都是律师，与人合伙经营一家律师事务所。

律所的生意不错，在本省其他市开设了几个分处。夫妻两人已到了该退休的年纪，仍然事务繁忙，只是相较年轻时好了些许，至少有时间出去旅游了。

过了几分钟，她端着蛋糕盒子走出来，放在桌上，说：“这个蛋糕你们吃了吧。小小一块蛋糕，老大一个盒子，冰箱里菜都放不下了。”

陶思稚闻言，马上抬起了头，警告大家：“这是我的，你们不要吃。”

“什么蛋糕？”他哥走过去，看了一眼，说，“这个包装有点眼熟啊，你什么时候买的？”

陶思稚跳下沙发，走到餐桌边，把盒子抱走了。

抱到沙发上，他打开盖子，拆了一个粘在盒子边的勺子，挖着蛋糕吃了起来。

陶思远还站在那里，看着他，语气有少许迷茫：“干吗这么小气？”

陶思稚紧抱盒子，没有理会，一直在吃。他哥看了他几眼，又转头冲去了厨房的妈妈道：“妈，云山好玩吗？”

“你不是去过吗？”他妈的声音遥遥传入陶思稚耳中。

“没啊，”陶思远有点莫名其妙地说，“我没去过。”

“啊？”他妈拿着一把芹菜走出来，说，“我怎么记得你去了，七八年前？”

“没有。”陶思远一口否定。

陶思稚已经把蛋糕吃光了，转头看到他妈手里的芹菜，立刻说：“我不吃芹菜。”

“知道你不吃，你别吃就行，给你蒸了蛋，还放了胡萝卜，蒸得软软的。”他妈告诉他。

陶思稚满意了，将蛋糕盒子拆开折叠好，放进了客厅的可回收垃圾箱。

他妈却没有立刻转身回厨房，靠在厨房的门边，想了几秒，突然“啊”了一声：“我记错了，是你弟弟去过，和你客户的儿子，那个姓蒋的。高二升高三的暑假里，对吧？”

陶思稚抬眼，恰好看到他哥脸色变了。

“那可是弟弟第一次没我们陪着出市，回来还说挺好玩，就是后来还是不愿意出门旅游。”

他妈没发现他哥脸色变了，接着问陶思稚：“弟弟，你们去云山水库了吗？”

“去了。”陶思稚说。

“妈，你的芹菜滴得地上都是水，”陶思远打断了他们，“赶紧进去吧。”

他妈低头一看，果然如此，嘟哝着“下午阿姨就来打扫了”，拿着芹菜进厨房了。

陶思稚的妈妈不常做菜，不过手艺比陶思远好许多。陶思稚刚吃过半块蛋糕，肚子不饿，还是吃了不少。

饭后，他妈妈拿出相机，跟他们分享旅途中拍摄的照片。陶思稚在她旁边，隔了半臂的距离，看相机屏幕上的她举着丝巾，在水库边迎风摆出各种各样的姿势。

陶思远在他们身后走来走去几次，好像在监视他们一般。

看到一张山顶水库广场商业街的照片，陶思稚伸手，隔空指了指，说：“街上这个位置，以前是一家书店，我在里面买了一本书。”

“什么书？”他妈问。

“《托马斯微积分》。”

“哦，”她说，“景区书店还进这种书啊？”

“在很里面，我找了一个小时。”陶思稚说。

“你在景区书店找了一小时的微积分？”他妈转过头，睁大眼看看他问，“你的同学们呢，也跟你一样在书店里待着吗？”她又转头去看陶思远：“哥哥，你在明德的时候，同学们怎么没这么爱学习？”

陶思远站在沙发后面，没说话。

“没有待着，”陶思稚告诉她，“他们去玩了。”

他妈“哦”了一声，说：“留你一个人啊？”

“他说我们分头行动，”陶思稚说，“下午五点会回来找我。”

“挺有计划。”他妈笑笑，评价道。

“不过他没来，”陶思稚补充，“我等到五点半，书店关门，就走了。”

他妈忽然沉默了，不知为什么，抬头看了他哥一眼。

陶思稚还看着他妈妈的相机，想再多看一些水库的照片，他妈迟迟没往下翻，他便伸手指了一下，说：“妈，我还想看。”

他妈按了往下翻的键，但是按得太快了，陶思稚看都看不清，就说：“慢一点。”

他妈不再继续按了，忽然收起了相机，坐直了，问他：“你没等到同学，自己走去哪里了啊？”

“走到了广场雕像后面的椅子旁边，”他坐着看了很久的水库，“水库非常好看。”

他妈愣了一会儿，抬头看陶思远，态度不太好地问：“我当时不想让他去吧？你不是说你客户的儿子会照顾他？”

陶思远什么也没跟她说，低头看陶思稚，问：“那时候怎么没跟我说？”

“是不是他让你说，你玩得很开心？”陶思远问。

“没有，”陶思稚说，“我是很开心。”

旅行的起初，陶思稚确实不大愿意。

当时他在蒋舸家吃饭，蒋舸对蒋太太说，他要和朋友去云山短途旅行，三天两夜。

蒋太太看看陶思稚，不知为什么，告诉蒋舸，只有他把陶思稚也带去，她才会同意。

陶思稚并不想去，他立刻想拒绝，但蒋舸马上说“好”，把陶思稚拽走了。

他把陶思稚拉到楼上，陶思稚告诉他：“我不想去。”

“我想去，”蒋舸说，“所以你也要去。”

“我不去。”陶思稚又拒绝了一次。

“我帮你抽卡。”他说。

“我已经有很多卡了。”陶思稚有些得意地说。

蒋舸看了他几秒，冷冷地问他：“你有那么多卡，谁帮你抽的，你自己？”

陶思稚还是不情愿，他后退一步，看着别的地方，过了一会儿，说：“我不想住在不熟悉的地方。”而后转身想走。

蒋舸拦了他一下，手碰了一下他的手臂，低头看着他，问他：“那我陪你熟悉，行不行？”

蒋舸用了那种会让陶思稚不喜欢的、不耐烦的语气，但是很奇怪地，陶思稚没有产生抗拒行为。陶思稚也看着蒋舸，蒋舸和他对视一会儿，又说：“你想熟悉多久就熟悉多久，行了吧？”

最后，陶思稚对蒋舸说：“蔷薇园后天要开启夏日限定活动了，有很多卡，我都想要。”

蒋舸下一秒就承诺了他：“你都会有。”

出发去云山的日期，是8月3日，那天天气很热，须乘坐4个小时的汽车，才能抵达。

他们是包车前往，车辆清洁度较高，在陶思稚的要求下，蒋舸还发了车辆和司机的信息给他。

此行一共8人，陶思稚只记得杨骁。

中午12点，他们到了酒店，蒋舸和陶思稚住在一间。放下行李后，陶思稚想要去熟悉酒店，但同行的一名女生坚持要去水库。

在陌生的室内环境中，陶思稚总是会感到不够安全，因此无法离开自己唯一熟悉的蒋舸，只好决定先跟他们一起去水库。

或许是因为太热了，那一天云山水库的游客很少，他们买了票进大门后，走在商业街上，没有看到几个人。

陶思稚看到了一家连锁书店，走到门口，发现里面的布局和他常去的那家几乎一模一样，就不想走了。

正如陶思稚告诉他妈和他哥的那样，蒋舸当然是不愿意陪他待在书店的，所以和他约好，下午五点会回来找他。

和陶思稚约定的时候，蒋舸看上去心不在焉，因此后来没等到人，陶思稚没有感到很意外。他想蒋舸可能是忘记了。

这很正常，是一般精神状态者（正常人）身上时常发生的状况。

书店关门后，陶思稚沿着步行街往前走了一小段路，看见了一块路牌，路牌上有路线指示，还有一些景点的照片。

陶思稚喜欢上了其中的一张照片，便记下了路线，走到了观景点，在广场雕像背面，可以俯视整片水库的水面。

他在椅子上坐下来时，已经是傍晚了，风往他身上吹，很凉快。太阳落到山下，水面变得很美，像一幅只有灰色与橙色的闪光的油画，成百上千片波纹，每片都具有符合公式的弧度和规律，让陶思稚感到着迷。

他一直坐着，看着湖面。包里的手机不时会振动一会儿，他没有理会。

后来天黑了，景区广播播放了音乐，似乎是在催旅客离开，陶思稚还是坐在那里，因为夜晚的水库也很迷人，他想继续在这里看湖面的波纹。

又看了许久，陶思稚忽然听到有人在叫他的名字。

声音在他的左侧，音量不是很大，但离得很近，他的余光还注意到手电筒的光线。他不想错过湖面，没往左看。

“陶思稚。”

那个人又叫他，又靠近了一些，他说：“陶思稚。”

他伸手，碰到了陶思稚的肩膀。

陶思稚微微偏过头，看看蒋舸，高兴地对蒋舸笑了笑，主动告诉他：“我在看水库，非常好看。”

蒋舸没有马上回答，看了他一会儿，对他说：“景区要关门了。”

“我们得走了。”蒋舸又说。

陶思稚转过头，又看了一段时间湖面。蒋舸伸手，很轻地拉了拉陶思稚的手腕，催促道：“走了，不是还要熟悉酒店吗？”

陶思稚有点依依不舍，不过还是听话地站了起来。蒋舸带他绕过了夜色里的雕像。

蒋舸一面走，一面打了电话，很轻地跟对方说：“找到了。”

那天晚上，蒋舸陪他在整个酒店走了一遍，耗时 2 小时 11 分钟，睡前还帮陶思稚抽了卡。

限定卡片很难抽，蒋舸运气这么好的人也没有抽到。

他让陶思稚先睡，第二天早上醒来，陶思稚就拥有了夏季限定的所有卡片。

吃完早饭，更新了帖子之后，陶思稚还想要去水库，蒋舸没有同意，提前带他回家了。

陶思稚没有对陶思远说谎，水库确实是一个好玩的地方。

不过陶思稚也确实不想再去旅行了，他觉得熟悉酒店太累了。

12

吃过晚饭后，傍晚 6 点半，陶思远和妈妈一起把陶思稚送回了集团园区。

天气不大好，阴雨阵阵，车里很暖和。

陶思稚昨晚没睡好，白天精神还行，到了傍晚，就犯起困来，整个人蔫巴巴的，缩在后座上，看窗外的雨，连游戏也不想玩了。

他妈和他哥在前座有一搭没一搭地聊天，有时候会带他参与话题，但他没有仔细听。

“弟弟，弟弟？”

开上高架，他哥突然叫了他好几次。

陶思稚把注意力从车窗的雨痕上移开，回应他哥：“啊？”

“下周六要去考科目一了，给你的书你看过没有？”

“看过了。”陶思稚说。

他妈转过头来，皱着眉头看他：“这孩子怎么今天精神这么差？”

“昨天游戏打晚了吧。”他哥说。

陶思稚看着后视镜里他哥的眼睛，重新去看雨了。

回到宿舍，陶思稚在椅子上坐了一会儿，8 点 45 分，他接到了蒋舸的电话。蒋舸问他："在宿舍吗？"

陶思稚说"在"，蒋舸就说："我最近也想申请宿舍，方不方便来看看你宿舍的房间格局？"

"哦，我是单人间，"陶思稚告诉他，"你错过了，已经没了。"

后勤小李说的，他住的是稀缺房型，可不是随便什么人在什么时间申请都有的。

蒋舸在电话那头静了静，对他说："我就来看看大小，行吗？万一有呢？"

"那好吧，"陶思稚同意了，不过还是提醒他，"很难有的。"

如果蒋舸看了他的单人间，却申请到多人间，肯定会产生心理的落差。

蒋舸没说什么，挂了电话后，过了十多分钟，他就来了。

陶思稚去给他开了门，蒋舸身上又挺冷的，一阵寒意朝陶思稚扑来。陶思稚只穿了一件长袖的 T 恤，冻得后退了一步，指了指玄关的拖鞋："要换鞋。"

蒋舸换了鞋，走进陶思稚的房间，左右看了看。

陶思稚本来觉得自己的房间大小正好，蒋舸一进来，就显得有些拥挤，可能是因为蒋舸太高了，气质也和这里不符。

"你不觉得有点小吗？"蒋舸回头看他。

陶思稚嘟哝着"不觉得"，九点的游戏日常闹钟响了，他就拿着手机，坐回椅子上，蜷起腿打开了游戏。

蒋舸看了他一会儿，开口说："昨天的蛋糕吃完了吗？"

陶思稚低着头做任务，含含糊糊地"嗯"了一声。做完日常后，陶思稚已经集满两次十连抽了，他刚才忘记让他哥帮点，打开了抽卡界面，犹豫要不要自己抽。

这时候，蒋舸忽然靠近了他一点，微微俯身，伸手说："我帮你吧。"

陶思稚侧过身去，避开了他，他反而更靠近了。

他身上残余的冷意包裹住了陶思稚，让陶思稚也觉得冷了。陶思稚抱住了自己的手机，转开脸，很小声地拒绝他：“不要。”

蒋舸就没有再尝试碰他了。

陶思稚垂下眼睛，他感到空荡、恐慌和忧虑，一手抓着手机，一手抱着膝盖，发现自己不想要蒋舸在他的房间里，可是也不想要蒋舸离开。

他真希望年会的时候没有碰到蒋舸，如果没有碰到蒋舸，他的生活仍然是有规律的。

从前陶思远去上自闭谱系障碍的家庭干预课程，学到一个常用词汇，叫“习得性无助”，他有时候会拿来形容陶思稚的某些行为。

比如陶思稚拒绝学车，他就说陶思稚的交通无助是习得性的；陶思稚不愿意自己抽卡，他说陶思稚有习得性抽卡障碍。

其实这都是不恰当的用法，陶思稚觉得自己只从蒋舸处习得过后天的无助。

蒋舸让陶思稚在许多独自一人的场合，倍感消极和煎熬。不过蒋舸离开多年以后，无助自然地消散，陶思稚想他已经康复了。

两人沉默了一会儿，蒋舸在陶思稚的床尾坐下了，陶思稚看了他一眼，感到他的眼神很难懂。

过了几秒，蒋舸对陶思稚说：“我没别的意思，只是想帮你。”

陶思稚看着他，两人对视片刻，蒋舸移开了眼神，说：“你每天一个人住在这里，不无聊吗？”

“要不要出去兜兜风？”他问陶思稚，“我今天办了出入证，车在楼下，不用多走了。”

九点半，时间不早了，陶思稚想睡觉了，他还没洗澡。

然而很奇怪地，最后他对蒋舸说："今天雨这么大，我觉得我以前喜欢去的通宵书店里，人肯定很少。"

说完他立刻后悔了，不知道自己为什么会这么说，也不知道自己为什么跟着蒋舸走了出去。

宿舍的走廊比较窄，两个人并排走，手背不时会碰到。

这一次蒋舸的手终于是温热的了，陶思稚微微侧过头，看蒋舸的侧脸。

蒋舸的外表看上去总是很高傲，大衣一尘不染，陶思稚想要看他，又不想看他。

他们到书店，在一楼待了一段时间，陶思稚挑选了两本书，门口突然进来了一群吵吵嚷嚷的中学生。

陶思稚下意识地靠近了蒋舸，肩膀贴在蒋舸胸口，又很快退了开去。

"要不走吧？"蒋舸说，他拿了陶思稚手里的书，走向在排队的结账台。

陶思稚跟过去，对蒋舸说："我自己排吧。"

蒋舸把车钥匙给了他，说："你先去车里。"

陶思稚走下了楼，到了地下车库，找到了蒋舸的车。

蒋舸车里很安静，什么摆饰都没有，陶思稚坐在车里，发了一会儿呆，蒋舸下来了。他把书给了陶思稚，说："接下来去哪？"

陶思稚没说话，他就往外开去，他的车速不是很快。陶思稚不明白自己为什么会得出这个结论，但他觉得蒋舸很悲伤。

蒋舸开了很久，在市区绕了一大圈，走了一些重复的路，陶思稚没有阻止他。最终，蒋舸回到书店附近，停在市中心的一座天桥下面。

雨变得很大，把风挡玻璃全都糊了起来，灰蒙蒙的一片，他们好像进入了另一个世界。

“陶思稚，”蒋舸对他说，“我前年冬天跟我爸妈大吵了一架。”

“我爸给我安排了相亲对象，我不愿意去，”他告诉陶思稚，“我说我不结婚。”

“我说我怕跟他一样不小心在未婚的时候搞出个非婚生子，过了十年回来认祖归宗。”

陶思稚想了一会儿，说“哦”，蒋舸又突然笑了。

蒋舸说“我以为你会问我为什么”，陶思稚看着蒋舸的眼睛，不明白蒋舸是什么意思。

陶思稚想要懂，又很想去看车窗的玻璃，因为玻璃上的波纹很有意思，但他约束住了自己，尽管有少许走神，却还是看着蒋舸，过了一会儿，问他：“为什么？”

“不告诉你。”蒋舸突然把目光移开了。

“总之我爸揍了我一顿，把我安排到西北的分公司开荒，今年终于说懒得再管我，把我调回总部了。”蒋舸仍旧没有看陶思稚，看着前方某处虚空，自顾自说起了自己的事。

陶思稚不清楚应该回答什么才符合社交规范，只好继续看着蒋舸的脸。

过了一段时间，可能是三分钟，蒋舸将目光转回陶思稚脸上，他的嘴角微微弯着，但是眼里没有笑意，问陶思稚：“你应该不记得这里了吧？”

陶思稚看着蒋舸没有笑意的眼睛，嘴唇动了一下，小声说：“记得。”

“高三上学期9月13日，”他告诉蒋舸，“你在书店不开心，拉着我走到了这里。”

蒋舸又笑了笑，隔了片刻，他问：“你记得你当时跟我说什么吗？”

陶思稚觉得蒋舸看上去真的很悲伤，所以他没有回答。

陶思稚没说话，蒋舸便自己解答：“你说你哥告诉你，这个世界上不可能每个人都喜欢你，你应该只看喜欢你的人。”

“陶思稚你是不是胡说的？”他问陶思稚，“你是不是从来没在意过我？”

他的声音很平，听不出是疑惑还是痛苦，甚至听不出他是不是在说一个问句。

但陶思稚觉得自己的心脏突然被揪得很紧，他伸出手，碰了碰蒋舸的手臂，确认蒋舸是真实坐在他身边的。

“陶思稚，”在浓重的黑暗中，天桥旁的雨里，蒋舸看着陶思稚，用很低的、无能为力一样的声音问他，“上学的时候，你跟我待在一起，到底是喜欢跟我待在一起，还是只是觉得我比别人多点用处？

“抽几张SSR，帮你去排排队，买几块蛋糕，到通宵书店，给你挡住几个人，做点陶思远不在的时候你不想做的事。”

陶思稚呆呆地看着蒋舸，他不由自主地抬手，又摸了摸蒋舸的头发，拍了拍他的脸颊，再次确认了蒋舸坐在面前。

蒋舸拉开了他的手，松松扣着他的手腕。

过了一小会儿，蒋舸又问：“我不在的时候，你想起过我吗？”

陶思稚说：“蒋舸，我想过的。”

18 岁—19 岁

13

“蒋舸。”陶思稚冷不丁叫了蒋舸一声，并用手指戳了一下蒋舸的手臂。蒋舸正在解立体几何题，被他一戳，辅助线画歪了。

蒋舸转头看他，陶思稚看起来是一贯的呆头呆脑。他面无表情地对蒋舸说：“我想去通宵书店了。”

“又去？”蒋舸看了看表，对陶思稚感到不理解，“快十点了，你不睡觉吗？”

自从上上周的周五，陶思稚因为哥哥出差，要勉强在蒋舸家住一晚上，半夜抱着枕头在蒋舸房间里走来走去，蒋舸为了让他正常点，同意带他去了一次通宵书店之后，陶思稚似乎爱上了这种感觉。

果然，陶思稚凑过来，对蒋舸说：“我已经习惯在周五晚上去书店了。”

“才去两次你就习惯了，”蒋舸无情地打击他，“我少帮你抽两次卡，你会习惯自己抽吗？”

陶思稚装作没听到，站了起来，伸手拽蒋舸的手腕：“我们该走了。”

蒋舸还握着笔，在习题卷上画出了一道长长的线。

陶思稚经常有这种奇怪的、令人侧目的举止。

不过数月来，蒋舸仿佛已像陶思稚习惯周五晚上去书店那样，习惯了他的怪异。

大部分时候蒋舸懒得和陶思稚计较，因为陶思稚不是一个正常的人，跟陶思稚计较，正常人会气死。

刚认识陶思稚没多久时，将舸问过他妈，为什么对陶思稚这么慈爱，为什么自己去做什么，她都要他带着陶思稚。

他妈含糊其词，说陶思稚童年悲惨、家庭不幸福、从小到大都没交到过朋友，还夸了蒋舸一通，希望她善良的儿子能帮忙照顾一下这个可怜的孩子。

蒋舸并不是什么热心的人，事实上，他觉得陶思稚无比麻烦，基本没有在帮陶思稚忙的时候获得过什么乐趣。

只是陶思稚确实没有其他任何朋友，吃饭上课都落单，只在蒋舸一个人身边晃来晃去，提出一些奇怪的要求，有时蒋舸也很难拒绝。

例如，出门旅游，陶思稚需要把整栋酒店的每个角落都看一遍才能去睡觉。当天他们经过楼道的消防门，陶思稚停在消防门边，把门开开合合七八次。

如果蒋舸不陪他，他只能一个人去，可能走着走着就丢了。

他已经走丢过，说实话，蒋舸被他吓得不轻，产生了比想象中大得多的紧张和歉疚，做了几乎所有陶思稚要求的事，希望陶思稚能雀跃起来，最终发现他似乎自己都不知道自己走丢过。

又如陶思稚玩莫名其妙的手游，抽卡运奇差无比，每每要蒋舸帮忙。

尤其这几天，每当要抽卡，他都会挤到蒋舸旁边，举着手机屏幕在蒋舸眼前缓缓挥动，好像在钓鱼。

蒋舸配合地伸手把手机抽走，他就会显露出高兴的表情，仿佛和蒋舸玩了什么好玩的游戏。

陶思稚时常很固执，有点笨，非常好骗，讨厌人多的地方，不知为什么，也讨厌跟蒋舸之外的几乎所有人有肢体接触。

人一多，陶思稚就会突兀地贴到蒋舸身上，或者伸手抱着蒋舸，或者把脸靠在蒋舸怀里，等待蒋舸抱他。

一般来说是前者，毕竟蒋舸并不是很想抱他。

这天晚上，蒋舸的立体几何题做了一半，还没弄清解题思路，不大想顺着陶思稚陪他去书店，便对陶思稚说："我题还没做完。"

"我教你，"陶思稚立刻说，他垂眼看了看蒋舸，说，"这类题都有规律，很简单。"

说着，他从桌上拿了一支笔，在蒋舸的卷子上列起了公式。

陶思稚能以语文成绩倒数的水平，总分在年级排名前五，不是没有道理。他列完公式，简单解释几句，蒋舸就知道要怎么解了。

"看懂了吗？"陶思稚问。

蒋舸还是不想去，对他说："没有。"

陶思稚大惊："怎么会？蒋舸，你智商好像下降了。"

"不如去书店买点基础的教材，"他又说，"趁人少。"

为了避免更多麻烦的交流，蒋舸最后还是陪他出门了。

九月初的暑气正浓，他们走到小区外，陶思稚亲自打车，去通宵书店。

下车的时候，忽然起风了。蒋舸看了看天气，下周要降温，近几日都将有雨。

通宵书店灯火通明，人已经很少，陶思稚满意地在书店里走来走去，他先把每一条走道都走了一遍，然后去了他最喜欢的科幻小说区。

蒋舸随便拿了本书，站在陶思稚不远处，一面读，一面留心陶思稚。

陶思稚挑选了一会儿，他身后的楼梯上走下来一个人。蒋舸随意地抬眼，看到了那个人的脸，那个人也看到了蒋舸。

那个人一怔，走了过来，对蒋舸露出一个和善的笑容：“蒋舸，你也来买书啊？这么巧？”

蒋舸不想理他，皱着眉合起书，放了回去。

陶思稚感觉到蒋舸的动作，突然抬起了头，问他：“这本不好看吗？”

胡以追闻言，转头看陶思稚，上下打量着，问他：“你是蒋舸的朋友？你好，我是胡以追。”

陶思稚没回答他，他便转向蒋舸，忽然露出了一个微妙的笑容：“这么晚还一起来书店，不会还要一起回家吧？你和他关系这么好，爸知道吗？”

“你们是什么关系啊？”他跨了一步，靠近了陶思稚，像问小孩儿似的问他。

陶思稚行动速度很慢，他呆呆地抬头，看了胡以追一眼，又不由自主似的往蒋舸这边靠过来。

蒋舸看胡以追贴近陶思稚，火一下冒了起来，手比心快地拉了陶思稚一把，把陶思稚拽到自己旁边，面无表情地俯视胡以追：“你是上次没被我打爽？”

胡以追大概还记得疼，脸色一变，后退了一步，脸上还留着笑：“我没恶意的，问问而已。”

“你们是同学吗？”他又看向陶思稚，轻声细语道，“我和蒋舸以前也是同学。”

陶思稚看了他一眼，没跟他说话，不知为什么，看上去不大开心地对蒋舸说："我要走了。"

蒋舸低头看了看陶思稚，觉得他赌起气来有些好笑，"嗯"了一声，懒得理会胡以追玩味的表情，带着他走出去。

出了书店的门，蒋舸有些烦躁，没有立刻打车，和陶思稚一块儿往前走。

走了一段路，陶思稚突然说："我还有几本新书没看的，下周还要来。"

蒋舸愣了愣，看他一眼，问他："那你还走？"

"嗯，"陶思稚说，"你不高兴了。"

蒋舸没想到陶思稚还能看出来别人的情绪，就随便逗他："这你都知道？"

陶思稚点点头，往前走，快撞到花坛也不绕开，蒋舸伸手拉了他一把。

陶思稚手臂很细，皮肤温热。他看了看蒋舸，说"谢谢"，看起来很无害，让人觉得很安全，也平静下来。

走上天桥，蒋舸停下来，背靠着天桥的栏杆，想了一会儿，主动对陶思稚解释："刚才那个人是我爸和他前女友的儿子，比我大两岁，留过两级，所以跟我是同学。"

陶思稚用很安宁的目光看着蒋舸，说："哦。"

"他恨我也正常。"蒋舸对陶思稚说。

陶思稚想想，忽然又说："你不高兴。"

蒋舸笑笑："谁被人恨会高兴？"

陶思稚看了蒋舸一会儿，忽然靠过来，抱住了蒋舸。他穿着很薄的T恤，体温传到蒋舸身上，脸靠在蒋舸的胸口，不知道是为了给蒋舸鼓励，还是根本就是自己想依赖蒋舸。

“蒋舸，”他糊里糊涂，又牛头不对马嘴地对蒋舸说，“我哥跟我说，这个世界上不可能每个人都喜欢你，你应该只看喜欢你的人。”

他的声音闷闷的，毛茸茸的头发蹭着蒋舸。

蒋舸把手放在他肩膀上，没马上把他推开，蒋舸心情好了一点，回应他：“跟喜不喜欢倒是没什么关系，我不需要谁喜欢我。”

陶思稚抬起脸，看着蒋舸，动动嘴唇，像不太理解似的，反问：“不需要吗？”蒋舸手停顿了一下，微微用力，把陶思稚推开了少许，让陶思稚自己站直了。

他和陶思稚站在天桥上，温热的风像从四面八方吹来。

陶思稚又看了他片刻，忽然转过了头，目不转睛地看着天桥下的车灯。蒋舸一开始不知道他为什么转头，后来意识到，陶思稚是不是有可能在害羞。

凌晨从市中心的天桥上往下看，主干道依然车水马龙，车灯迅速地闪过。

蒋舸没有回应的意愿，不过也没有很排斥，蒋舸看着陶思稚的侧脸，觉得原来像陶思稚这么奇怪的人，做不擅长的情绪表白时，居然也有他自己的可爱。

蒋舸也看了一会儿车灯，陶思稚还是僵硬地站在那里，一动也不动，像在等什么答案一样。蒋舸想了想，对陶思稚笑笑，故意问他：“哦，谁喜欢我，你吗？”

陶思稚还是看着天桥下，不肯回答。

蒋舸感觉陶思稚这样很好玩，等了一会儿，抬起手，碰了碰他的下巴和面颊。“陶思稚，”又问了他一次，“是你吗？”

陶思稚终于把目光转回蒋舸身上，他微微仰着头，看上去有些懵懂。

“啊。”他张了张嘴，承认了。

但是他没有对蒋舸提出什么要求。和他所有的举止一样，他喜欢起人来，也很奇怪，仿佛只是宣布了一件事，并没有准备后续相处计划。

因为说完后，陶思稚又转过身去，趴到天桥的栏杆上看车流。

蒋舸在背后看他，陶思稚的 T 恤很大，松松垮垮地罩在身上。

陪他看了片刻，蒋舸拿出手机，叫了车。

过了几分钟，司机给蒋舸打电话，说快到了，蒋舸叫了陶思稚一声，把他拉走了。

蒋舸又拍了一次陶思稚的手，陶思稚的手冰凉、柔软，蒋舸以为他应该会很高兴的，不过他没表现出什么。

14

在回家的出租车上，蒋舸接到了他妈打来的电话，问他去哪了，这么晚带陶思稚出门干什么。

“陶思稚要买书，”蒋舸看了陶思稚一眼，说，“现在在回来路上了。”

他妈静了静，换了个态度：“好吧。”

通宵书店离他家有点远，回到家里，已经过十二点。

蒋舸的妈妈和保姆都睡了，一楼留了一盏昏黄的夜灯，四周十分安静。

走到房间门口，蒋舸发现他妈在他门上贴了张条子：“下不为例。”

蒋舸把便利贴揭下来，贴在陶思稚脑袋上：“看见没有？下不为例。”

陶思稚的脸小，眼睛都被纸遮住了，只露出下巴。他没说话，抬起手乱摸。陶思稚肢体不大协调，总抓不准纸片，摸了好几下，才拿下来，还给蒋舸，说：“我要睡了。”然后转身走了。

第二天早晨，蒋舸下楼，他妈和陶思稚已经坐在餐桌旁边。

蒋舸叫了他妈一声，走过去。他妈还在吃，陶思稚吃完了，一动不动地拿着手机。

蒋舸拉开了陶思稚旁边的椅子，坐下来，看了一眼陶思稚的手机，恋爱游戏正在走剧情，陶思稚可能是一个字一个字看过去的，每页都停留很久。

蒋舸觉得这么忠实的游戏玩家应该不多了。

“剧情好看吗？”他随口问陶思稚。

陶思稚按在屏幕上的手指顿了顿，抬起脸，看了看蒋舸，好像认真地想了一会儿，告诉蒋舸：“不知道。”

“你想玩的话，我分享给你，”他对蒋舸说，“注册的时候填入我给你的邀请码，我赚 30 个钻。”

“不用了。”蒋舸拒绝。

陶思稚“哦”了一声，又低下头，继续点剧情了。

吃过早餐，陶思稚的哥哥来接他了。

陶思稚哥哥是蒋舸妈妈的投资顾问，看外表比陶思稚正常很多，穿着西装，打了领带，提了一些礼物来，和蒋舸的妈妈坐在沙发上，先感谢她一番，而后说起了工作上的事。

蒋舸打了个招呼，想上楼，陶思稚跟了过来，在楼梯旁拉了蒋舸一下。

“我要走了。”陶思稚说着，拿出了手机，屏幕亮着，停在蒋舸非常熟悉的画面。

蒋舸帮他点了一下，他没马上说话，站在蒋舸面前，先看起了卡面。

这时候，蒋舸接到了杨骁的电话。

杨骁问他有没有空一起去看一部新上的电影。

“若若约的我，我答应了，”杨骁说，“她非要我来问你。”

杨若若是蒋舸从前的学妹，也是杨骁的堂亲，还同校时，她常常缠着蒋舸，但又不曾有超越界限的举动，有时让蒋舸觉得头痛。

“我不去了。”蒋舸说。

“别啊，”杨骁叫他，“看个电影而已，这都约不到你，我能被她大骂三天三夜。”

蒋舸没答话，他看到陶思稚检查完卡片，露出满意的眼神，还打开了游戏论坛，像是要更新帖子的样子，伸手把陶思稚的手机抽了过来，浏览陶思稚收到的回帖。

陶思稚的帖子被“加精”（设置为精华贴）了，整页的回帖都在羡慕他的全套限定卡片，立刻让蒋舸梦回在云山的那一夜。

有些人说自己不喜欢住在不熟悉的外面酒店，睡得倒是比猪都香。

陶思稚伸手扯了扯蒋舸手里的手机，没扯出来，叫了一声“蒋舸”，被杨骁听到了。

“又和陶思稚在一起啊？”他问。

蒋舸说“嗯”，杨骁又说：“把他也带来呗。若若最近沉迷的偶像跟他长得差不多，没准她看到陶思稚，移情别恋，你就轻松了。”

蒋舸看了陶思稚一眼，陶思稚没什么表情地看着他，问：“可以还给我吗？我要更新我的帖子了。”

蒋舸把手机还他，客观地评价：“挺难的。”

杨骁笑了：“你让他别说话就行，也别玩那个抽卡游戏。”

蒋舸想了想，觉得倒也可以试试，总比三个人去看好，便问陶思稚说：“晚上看电影去不去？科幻类的。”

“人多吗？”陶思稚问。

“陶思稚不喜欢人多，”蒋舸对杨骁说，“你包个场我们就来。”

杨骁沉默几秒，说：“好吧。”

“人不多，四个。”蒋舸告诉陶思稚。陶思稚没说话，蒋舸替他决定："吃了饭来接你。"

陶思稚思考了一会儿，或许也想和蒋舸看电影，便同意了。

蒋舸和陶思稚一道走到客厅，陶思稚他哥刚好站起来，左顾右盼，像在找他，看见陶思稚，他哥说："思稚，我们要走了。"

"哥，"陶思稚走过去，"我晚上要和蒋舸看电影。"

蒋舸他妈在一旁，忽然显露出高兴的神情，对陶思稚说："那很好啊！"

陶思稚他哥愣了愣，看看蒋舸，问陶思稚："真的？"

"嗯。"陶思稚点点头。

他哥顿了片刻，说"好"，又感谢蒋舸和他妈妈对陶思稚的照顾，带着陶思稚走了。

蒋舸白天有家教课程，上完课，吃了晚餐，便去接陶思稚了。

到陶思稚家小区门口的时候，陶思稚已经站在路边。

他手里拿着手机，站在公交车站台旁，看着不知什么地方。车停在他面前，他也没发现，等到司机下了车，蒋舸又降下车窗，他才反应过来。

去的路上，蒋舸对陶思稚说："你今晚少说话、多笑，不要玩手机，我让杨骁用你的邀请码注册游戏。"

陶思稚同意了。

影院所在的商场人群有些密集。

陶思稚走进去便停下了脚步，手臂紧贴着蒋舸，皱着眉头，一副很不舒服的模样。

蒋舸低头看他，不知怎么有点于心不忍，就搂住了他的肩膀。陶思稚微抬起头，眼神有些困惑地看看蒋舸，又马上垂下头，像是害羞了似的。

走出电梯，蒋舸遥遥望见杨骁和杨若若，便放下了手，离远了一些。陶思稚立刻重新紧张了起来，伸出手，轻轻地捉住蒋舸的衣袖。

蒋舸不想被他们看见，侧了侧身，将衣服抽了出来，加快了脚步。陶思稚便跟在后面，没再做不该做的行为了。

杨骁确实没说错，杨若若见到陶思稚，愣了许久，脸忽然红了，扭扭捏捏地自我介绍起来。

陶思稚大概很希望白拿三十颗钻，牢牢记住了蒋舸的要求，一直对杨若若露出模式化的微笑，嗯嗯啊啊不说话。

电影开场，杨若若想坐在陶思稚和蒋舸中间，蒋舸没同意，她犹豫了半天，坐在了陶思稚的旁边。

杨骁自顾自在前排中间找了个位置，离他们有点远。

电影播放过程中，杨若若一直在和陶思稚搭话。蒋舸起先没察觉出什么不对，到了后半程，他发现陶思稚开始明显地往自己这边倒。

蒋舸瞥了一眼，看见杨若若的手肘似乎搭在扶手上，不经意似的碰到了陶思稚的右手手臂。

对普通人来说，这并不能算太越界的动作，但陶思稚跟普通人不太一样。蒋舸想提醒一声，杨若若忽然靠过来，说自己要去一下洗手间，把包塞给陶思稚，要陶思稚替她看一下，然后高高兴兴地站起来跑出去了。

她一走，陶思稚就把包放到了旁边的座位上，对蒋舸说：“我也要走了。”

说着，他就要站起来，蒋舸下意识地抓住了陶思稚的手臂，说：“不行。”

“我要走了。”陶思稚用力地推着蒋舸，声音大了起来。

电影播到激烈时刻，配乐很响，因此杨骁暂时没注意到。只是如果陶思稚再大声一点，杨骁就肯定能听见了。

推不动蒋舸，陶思稚的挣扎越发猛烈了起来。他盯着蒋舸，好像又想开口说话，蒋舸下意识抬起手捂住了陶思稚的嘴，靠近他，低声威胁："陶思稚，安静点。"

陶思稚又扭动了一下，贴在蒋舸手心的嘴唇动了动，在黑暗里看着蒋舸。

"我要走，"他的声音含含糊糊的，态度比方才松动，说，"蒋舸，蒋舸。"像在向蒋舸求饶。

不远处的电影屏幕不断闪动，画面同步在陶思稚很亮的眼睛上，让陶思稚看上去很无助，也很可怜。

"……你乖一点，思稚，"蒋舸也不知道为什么，放低了声音，有些控制不住自己一般，软声哄陶思稚，"好吗？"

陶思稚没有说话，睁大眼睛，和蒋舸对视了一小会儿，很轻地"嗯"了一声。

蒋舸的心无端地随着陶思稚的顺从细而密集地跳了起来，他有些恍惚地松了口气，抬手碰了碰陶思稚的脸颊，低声对陶思稚说："乖，我跟你换座位。"

起身换过位置后，两人坐了十几秒钟，陶思稚像很无聊，突然模仿蒋舸，也抬起手，捂了一下蒋舸的嘴。

陶思稚的手很温热、柔软，迅速地捂了捂蒋舸，便松开了。然后他对蒋舸笑了笑。

大屏幕上是白天的长镜头，因此蒋舸没有遗漏陶思稚所做的任何表情。

陶思稚的笑容实际上有些奇怪，和普通人有些不一样，就像他很难控制自己笑容的幅度，因此嘴角弯得几乎滑稽。

当然，蒋舸不觉得有什么不好的，只是问他：“怎么了？”

陶思稚没有说话，转过头去看电影了。

杨若若回来坐下，发现身边变成了蒋舸，吓了一跳，探头过去看看陶思稚，蒋舸挡了挡，她没看到。

过一会儿，陶思稚悄悄地把手伸了过来，拍拍蒋舸的手，抬起来，好像又想来捂蒋舸的嘴。

蒋舸不愿被杨若若察觉，捉住他的手指，他就安静了，一直静到电影散场，灯光亮起来，蒋舸放开他。

15

看完电影，蒋舸送陶思稚回去，到家时，他妈正穿着棉麻的睡衣套装，坐在客厅跟人打电话。

蒋舸不欲打搅，跟他妈打了个招呼，想要上楼，她伸手捂着话筒，对蒋舸道："等等，有事问你。"

她又指了指不远处的单人沙发说："先坐。"

蒋舸坐下来，稍等了一小会儿。

听他妈说话，像是在和慈善基金会的人交谈，关于去年创办的某协会的进度，还说到什么帮助患者家庭交换干预资源。

蒋舸的妈妈出身于书香门第，曾去山区做过支教老师，热衷于各类慈善事业，十几年前与志同道合的朋友共同创建了慈善基金会，而今在圈中已颇具名气。

她并非理事长，不负责基金会的日常管理，不过每年总有几段时间十分繁忙。

蒋舸总觉得似乎自己一坐下，他妈说话便变得遮掩和含糊起来，几次三番用没有意义的音节带过。不过他对此没什么兴趣，没有仔细听。

保姆给他端了一杯水过来，他接过来，手机忽然振了振，拿出来看，发现杨若若发了消息给他，问他能不能把陶思稚的联系方式给他，还问：“哥，他有没有女朋友？你觉得我有机会吗？”

蒋舸看着手机屏幕，稍走了走神。

“蒋舸，蒋舸，”不知何时，他妈已经挂了电话，叫他，“想什么呢？”

“想一道几何题的解法。”蒋舸眼睛也不眨地糊弄他妈。

“哦，”他妈愣了一下，又顿了顿，问他，“那你想完了吗？”

蒋舸点点头，她便笑笑：“我问你，今天看电影怎么样？”

“什么怎么样？”蒋舸没什么表情地看着他妈。

“思稚的表现怎么样，”她手臂搭在沙发的扶手上，看着蒋舸，“和你朋友相处得好吗？他们喜不喜欢思稚？”

他看着他妈，隔了几秒，说：“你问这个干什么？”

“我关心啊，”他妈说，“他哥说他从小就没交到过朋友，太可怜了。我觉得我们跟他很有缘分，特别是我。”

“就那样吧，”蒋舸说，“陶思稚那个性格，还能怎么和我朋友相处？”个性怪得要命，固执起来丝毫不看场合，唯一的优点就是还算听蒋舸的话，才能勉强不四处添乱。

蒋舸顿了顿，又问他妈：“你跟陶思稚有什么缘分？”

他妈没回答他的问题，把目光移开了，端起茶杯喝了一口，说：“什么叫陶思稚那个性格？我看他帮你很多，要不是思稚教你做题，你现在在明德还是倒数的。”

蒋舸：“……”

“而且妈妈觉得你和思稚相处久了，性格也没以前那么暴躁了，这些都是他带给你的变化。”她又说，“说到这个，虽然我不知道你当时和胡以追到底闹了什么矛盾，也一直信任你说的是他挑衅，没跟爸爸一起责备你，但打人总是不对的。他妈昨天半夜还给我发了他复查的结果，说肋骨还没完全愈合——”

“妈，”蒋舸不想听了，打断了她，站起来，“我困了，先睡了。”他往楼梯走去。

他妈在后面追着说：“你怎么这样？！”

蒋舸学了学她很喜欢的陶思稚，装作什么都没听到，径自走了，也有些嘲弄地想，她要是真的跟陶思稚相处久了，还会不会对他有这么多不知从何而起的怜爱。

走上楼梯，穿过走廊的时候，蒋舸接到了陶思稚的电话。

蒋舸还有些心烦和迁怒，不大想接，看了一眼就把电话挂了，过了几秒，陶思稚又打来了。

陶思稚的名字在屏幕上亮着，蒋舸仿佛能够看到陶思稚执着的表情。如果不接，他一定会持续拨号。因此走到房间门口，蒋舸还是接了起来。

“蒋舸，”陶思稚在那边叫他，拖长语调，仿佛有点得意地说，“你忘了什么事。”

蒋舸觉得陶思稚语气好笑，烦躁便好像少了许多，关上门，反问：“什么事？”

“你没有让杨骁帮我注册游戏，”陶思稚说，“我已经准备好邀请码，挂掉电话发给你。”

说罢，他把电话挂了，发了一串乱码来，以及一个网址，说是新手填写邀请码教程。

蒋舸看了一会儿屏幕，没找杨骁，自己下载了游戏，按照陶思稚给的方法注册了账号，填入邀请码，顺手点了点游戏内容。

不得不说，陶思稚玩的游戏，开篇剧情就让蒋舸沉默，女主角继承了祖辈的破败蔷薇园，要在六个男主角的帮助下，将园艺发扬光大。

蒋舸想到陶思稚过剧情时认真的表情，不自觉地笑了笑，把游戏删了。

躺在床上，或许因为是相似的黑暗，蒋舸又想起了在影院里发生的事。

陶思稚实在是个怪人，想法总和正常人不一样，连带蒋舸和他在一起时，也变得不正常。

起码在今天以前，蒋舸从没想过自己会在电影院里低声下气地哄人——也不能完全算是哄，更像是迫不得已选择的让陶思稚安静的方式，毕竟如果不好好安抚陶思稚，他会在电影院大声喧哗，丢的也是蒋舸自己的脸。

蒋舸想着，拿起手机，想了想，给陶思稚发了一条消息，问他："30 个钻到账了吗？"

过了七八分钟，陶思稚回复："到了。"

过了一会儿，他很难得又发了一条信息来："你明天帮我用掉。"

第二天下午，蒋舸返校，回到寝室，陶思稚已经坐在自己的位置上。

他没有玩手机，拿着一张纸紧皱着眉头，蒋舸推开门，他也没有发现。

张东匀坐在对面的椅子上，看到蒋舸进门，对蒋舸使了个眼色，用下巴指了指陶思稚。

"怎么了？"蒋舸问他。

陶思稚还看着纸，一言不发，就像受到了什么很大的打击。

"唉，祸不单行，"张东匀怜悯地看了陶思稚一眼，告诉蒋舸，

“刚才他班主任拿着前几天填的秋游报名表来找他，看到他在打游戏，先把他手机收了，给他开了一张取手机的单子，又说这次秋游是学校为了让高三学生放松特地组织的，希望每个人都参加，让他必须去。”

蒋舸走到陶思稚身边，看了一眼他拿着的纸，大意是要陶思稚的家长周五带他一起去教师办公室拿手机。

蒋舸还没来得及说什么，寝室门被敲响了。

张东匀的队友来找他，喊他一起去练体能，张东匀又看着在发呆的陶思稚，冲蒋舸摇摇头，拿着水走了。

房间里只剩蒋舸和陶思稚，蒋舸便俯身，伸手碰了碰陶思稚的脸颊，叫他：“陶思稚。”

陶思稚终于动了动，看了蒋舸一眼，愤愤地说：“我今天的日常还没有做完。”

他生气的样子非常好玩，蒋舸把自己的手机拿出来，重新下载了游戏，递给他，说：“用我的吧。”

陶思稚接过去，输入账号密码登录，玩起了游戏，玩了一会儿，又说：“可以抽了。”他抬眼看着蒋舸，缓缓摇晃手里的手机。

蒋舸没有马上帮他，抱着手臂问他：“又给你手机，又帮你抽卡，你怎么报答我？”

陶思稚看着他，像没听懂，又像在想谢礼，过了一会儿，突然靠过来，好像想拥抱蒋舸。

他可能刚吃过糖，蒋舸闻到了甜味。

蒋舸很快反应过来，按着他的肩膀，在他贴得更近之前把他推开了一些，没什么好气地对他说：“你能正常点吗？这算什么感谢？”

“啊，”陶思稚被蒋舸骂了，也没有露出羞愤的表情，只是有点不解地问，“不对吗？”

“我很喜欢。”他又忽然对蒋舸表达。

“……老师跟我说过拥抱是示好的动作，”他含糊地说，“是很珍贵的。”

蒋舸看着他，一时语塞，不知道该说什么。

陶思稚却浑然不觉，他先伸手轻轻拍拍蒋舸按着他肩膀的手，又垂下眼睛，用指尖碰了碰蒋舸的胳膊，自顾自地问：“蒋舸，你的身上好热。”

他把手搭在蒋舸的身上，手指有些微凉，指腹轻轻按压，让蒋舸觉得痒，薄而软的嘴唇微微张合，一副什么都没做，也无所谓的样子。

过了一会儿，可能看蒋舸没说话，他又一次举起手机，睁大眼睛问蒋舸：“可以帮我抽了吗？我想要一张新卡。”

蒋舸看都没看自己的手机屏幕，再次不知道自己在想什么，把陶思稚拉到眼前，做了一次陶思稚觉得珍贵、很喜欢而不是他自己喜欢的事。

他想陶思稚吃了芒果味道的糖。

16

去食堂吃晚餐前，陶思稚用蒋舸的手机给他哥打了电话。

他坐在椅子上，蜷着腿，语调沉重地告诉他哥："我的手机被没收了，老师逼我参加秋游。这是蒋舸的手机。"

蒋舸无所事事，便看陶思稚拿着他的手机，对自己的哥哥诉苦。

陶思远在电话那头不知说了什么，陶思稚忽然皱起眉头，抬高了音量："可是我不想去秋游。"

"我不想试，到云山和去秋游是不一样的，"陶思稚露出非常不高兴的表情，"而且我再也不想到市外旅游了，我对那些地方都不熟悉。我也不喜欢坐旅游大巴，巴士上会有很多人。"

陶思远好像还在劝说陶思稚参加秋游，陶思稚静下来听了几句，气愤地打断了他："我不喜欢我的同学。"

他又坚决地表示："我要我的手机，希望你能快点帮我去拿。"说完就把电话挂了。

蒋舸拿回手机，问陶思稚："你不去秋游？"

陶思稚"嗯"了一声，看看手表，又看了蒋舸几眼，没有预兆地站了起来，转身往外走。蒋舸叫了他一声，问他："你去哪？"

陶思稚回头看看蒋舸，有些莫名地说："吃饭。"

"再不去，食堂人就变多了，"他告诉蒋舸，"很吵。"

蒋舸来不及说什么，陶思稚就跑了。

他溜得很快，好像单独就餐是他的默认选项。

蒋舸和他一起吃过饭，当时他看上去还挺开心的，并且蒋舸和他一起进食堂前一分钟还在说话，他也不会被这些附加事项影响选择。

蒋舸把手机放进抽屉，也出了门，往宿舍楼下走，恰好碰到了同学，便一起去了食堂。

一走进食堂，蒋舸看到陶思稚坐在最常坐的区域。

陶思稚已经吃完了，拿着一杯果汁在喝，看到蒋舸，没有停顿地把目光移开了，好像并不认识蒋舸一样。

他双手握杯的样子有些笨拙，蒋舸忽然想到好像有一次，他看到蒋舸时，突然冲蒋舸挥了手，像在打招呼。

陶思稚挥手的样子和握杯子一样笨拙，肢体不太协调，甚至有点引人发笑。那次蒋舸身边的人就笑了。

蒋舸当时没什么感觉，现在觉得不舒服。不知道是因为上次有人笑陶思稚，还是因为这次陶思稚装作没看到他。

蒋舸盛了饭菜，回头想再找陶思稚，陶思稚已经走了，他坐过的地方坐了别人。

几个穿高一制服的学生凑在一起，不时高声大笑，整张长餐桌都变得喧哗和热闹，也不怪陶思稚觉得吵。

晚自习的课间，蒋舸碰到了陶思稚的哥哥陶思远。

陶思远西装革履，急匆匆经过走廊，看到蒋舸，便停下了脚步。

"蒋舸啊，"他无奈地冲蒋舸笑笑，"谢谢你借他手机。"

蒋舸没说什么，陶思远又道："这小孩太难管了。刚才我去他班里，他都不愿意走出来，在大笔记本上写'没手机，不说话'，举着给我看。"

蒋舸笑了："是吗？"

"唉，"陶思远叹气摇头，"我来的时候跟他班主任打了电话，感觉今天拿回手机希望渺茫。班主任还跟我说学校难得组织高三秋游，希望看到百分之百的数据……陶思稚又不愿意去秋游，拿手机难上加难。"

"我正想问问你，上次你怎么说动他去云山的？"他犯愁地问蒋舸。

蒋舸愣了一下，一时不知道怎么回答，看了陶思远几秒，说："我忘了。"

"啊？"陶思远露出了迷惑的表情。

"我记得不难。"蒋舸补充。

"怎么会，"陶思远吃惊地说，"弟弟配合吗？"

蒋舸说"嗯"，陶思远怔了一会儿，迟疑地看着蒋舸，说："蒋舸，你能帮我劝劝他吗？"

蒋舸看他挺为难的，又觉得把陶思稚拉去秋游并不是什么难事，所以答应陶思远试试看。

然而自习结束，回到寝室，蒋舸才了解到陶思稚有时对所有人一视同仁。

蒋舸对陶思稚说"你跟我一起去秋游吧"，陶思稚想都没想就说："不去。"

说完拒绝的话，陶思稚又像没事似的，想跟蒋舸借手机，说要打电话问他哥，为什么没有把他的手机拿回来。

蒋舸没给他，看了他几秒，问他："你的蔷薇园最近有什么限定活动吗？”

“有啊，夏日限定活动还没结束呢，”陶思稚微微得意地说，“不过我的限定卡早就全了。”

陶思稚得意的时候，脸颊微微鼓起，蒋舸伸手拍了一下，陶思稚捂住了脸。

“我刚才碰到了你哥，他说问过你班主任了，如果不参加秋游，就拿不回手机。”蒋舸根据陶思远说的话自由发挥，哄骗陶思稚。

陶思稚果然安静下来，思考许久，不情愿地说：“那我这周只能用你的手机了。”

蒋舸无言以对，不大客气地问他：“你用我手机，我同意了吗？”

陶思稚不说话了。

他看着蒋舸，看了少时，忽然靠近蒋舸，伸手想把蒋舸手里的手机弄出来。

“我要。”陶思稚有点固执也有点任性地说着，不断掰蒋舸的手指。

他力气很小，像在挠蒋舸，蒋舸低头，不知怎的松开了手，手机就被陶思稚拿走了。

陶思稚没有蒋舸的密码，又仰起脸看蒋舸：“密码。”

蒋舸没坚持多久，把密码报给了他。陶思稚一言不发低下头，解了锁，可能觉得打电话没用，便没拨号，自顾自打开游戏玩了起来。

快熄灯时，张东匀回来拿了点东西，去集训中心住了。

陶思稚游戏玩得太沉迷，最后五分钟才抱着衣服去洗澡，还来不及把头发吹干，熄灯音乐就响了。

他又在黑暗里吹了吹头发，爬上了床，扒着栏杆小声叫蒋舸：“蒋舸，我还想玩。”

蒋舸没理他，他伸手想从蒋舸手里拿手机，被蒋舸扣住了手腕，也没挣扎，用气声对蒋舸说：“给我玩玩。”

他手上有很淡的沐浴乳的味道，蒋舸不说话，他就执着地叫蒋舸名字，好像不会累一样。

最后蒋舸妥协了，松开陶思稚的手，说：“别叫了。”

陶思稚说“哦”，把手缩回去了。

蒋舸顿了顿，问他：“真的不去秋游？”

“我不想去。”陶思稚迅速地说。

“……你可以一直跟着我，”蒋舸尽量耐心地对他说，“上次早高峰地铁，你不也跟我一起坐了吗？”希望陶思稚能珍惜得到他承诺的机会。

陶思稚只停顿了几秒，就告诉蒋舸：“我讨厌早高峰的地铁。”

“你在云山没有准时到书店来，”陶思稚说，“而且你的朋友太多了，我没办法一直跟着你。”

他的分析全面，很对，只是没有照顾听众的心情。

蒋舸愣了一下，陶思稚的手又滑过来，声音也离他近了一些，小声说：“蒋舸，我想玩游戏。”

蒋舸被陶思稚骚扰了一会儿，坐了起来，把手机递给陶思稚，但是握紧了，没让陶思稚抽走，问：“你今天在食堂为什么装作没看到我？”

“啊，”陶思稚的语气，就像在表示他反而因为蒋舸的问题感到疑惑，“因为你不想跟我打招呼。”

其实蒋舸知道陶思稚为什么会这么想，但他没有承认：“你想多了。”

他又问陶思稚：“你上次跟我一起吃饭不高兴吗？”

“高兴啊，”陶思稚告诉蒋舸，“我那天整晚都很开心。”

听陶思稚的语气，不像在骗人。蒋舸松开了手，让陶思稚拿到了手机，说：“以后都跟我一起吧。”

陶思稚回答：“哦。”

陶思稚躲在被子里，玩了一会儿游戏，忽然探出了头，叫了蒋舸的名字。

“蒋舸，”他说，“你睡着了吗？”

蒋舸没睡着，但是也没说话。陶思稚大概习惯蒋舸不理他了，默认他醒着，问蒋舸：“我们现在是朋友吗？”

他问的问题仍旧怪异，听起来又有点可怜。

说不上为什么，蒋舸没直接回答，反问他：“你说呢？”

陶思稚安静了几秒钟，仿佛觉得太难，也仿佛害怕听到不想听的结果，根本没等到蒋舸公布答案，就放弃了寻根问底，重新钻回被子里玩游戏了。

17

陶思稚第一次到蒋舸班级后门口，叫蒋舸的名字，找他一起去吃饭的时候，和蒋舸熟悉的同学都有些尴尬，其中以祝安泉为最。

祝安泉看见陶思稚，还到蒋舸身旁挤眉弄眼地问：“哥，小偷来骚扰你？”蒋舸没搭理他，让他嘴巴放干净点，然后往后门走。

等陶思稚多来找了蒋舸几次，大家便都习惯了。

陶思稚严重挑食，盘子里的食物永远不会超过三种，量很少，摆盘整齐，他吃东西时很安静，动作幅度很小，非常不引人注目。

吃完饭后，他会喝一杯果汁，如果当天食堂没有果汁，陶思稚就露出不高兴的表情，饭后要绕道去小卖部买一瓶。

有时候蒋舸陪他去买，会笑他强迫症，陶思稚就更不高兴了，对蒋舸嘟哝“我没有强迫症”和“不要笑”，还会加快脚步，好像要从蒋舸旁边溜走。

陶思稚到底还是没去九月底放假前的秋游，虽然学校给学生发放了秋游地图册之后，陶思稚好像觉得秋游地很漂亮，显出有点喜欢的样子。

因为蒋舸在寝室几次发现他偷偷用手机查阅秋游地的信息。

陶思稚在秋游前一天的晚自习即将结束的时候提前回家了，他哥来接的他，离开的时候经过蒋舸班级门口，蒋舸看见了。

陶思稚他哥帮他拎着书包，陶思稚的手揣在校服外套的兜里，慢慢跟在后面。

他衣兜有点鼓，蒋舸怀疑他握着手机。

晚上熄灯后，陶思稚罕见地主动给蒋舸发了条消息，说："我看过天气预报了，明天你们去的地方下雨。"

蒋舸回他："哦。"

"本市晴天。"陶思稚又说。

蒋舸说："那你好好享受晴天。"

陶思稚就不回了。

第二天早上八点，明德的高三学生拥上巴士，去往邻市的海滨公园。

去秋游的路程近两个小时，沿路一度乌云密布，到了海滨公园，太阳却出来了。

海滨公园是个很普通的景点，沙滩不算干净，海也不蓝。沙滩旁有一条长长的白色连廊，学生大多分散在连廊上坐着看海，也有脱了鞋跑去沙滩踩水的。

蒋舸和同学坐在廊沿喝汽水，收到了陶思稚的消息。

陶思稚说："下雨了吧。"

蒋舸看了看闪着光的灰蓝色海水，拍了一张照，发给陶思稚："没有。"

陶思稚回复他："没有我看的电影里的海好看。"发了一张他家里投影屏幕的照片过来。

投影上的海的确很蓝，比海滨公园漂亮许多。然而影像毕竟只是影像，陶思稚这么说，显得像在自我安慰和自欺欺人。

蒋舸回他："行。"

蒋舸以为陶思稚不会再回消息了，但隔了几秒，陶思稚忽然给他发："其实你发的照片也还可以。"

"我没看过真的海。"陶思稚说。

蒋舸看着陶思稚发来的不明不白的信息，觉得陶思稚其实还是想来，也觉得十七八岁了海都没见过的确有点可怜，手在屏幕上停顿了片刻，他对陶思稚说："找个休息日我陪你来吧。"

"不行，"陶思稚迅速回复，"我不会再出本市了。"

"两个人呢？"蒋舸问他。

陶思稚还是拒绝："不。"

这时候，蒋舸的同学拿了一盒狼人杀的牌，问蒋舸愿不愿意一起，蒋舸同意了，几个人把几张桌子抬到一起，坐了一圈，开始玩游戏。

蒋舸第一局就抽到了狼人，他随口上警（指在第一个白天参与竞选警长），居然选上了。

第二夜过去，预言家查杀他，他没什么表情地解释了几句，其他好人不知怎么竟买了他的账，没几个人投他。

白天结束，又到夜晚，要睁眼杀人的时候，蒋舸突然又收到了消息。

他照理不应该在这种时候看，但还是低头看了一眼，看到陶思稚给他发了一条短信："两个人，好吧。只能两个人。"

蒋舸看着屏幕，怔了怔，抬起头。在他低头的时候，其他狼人已经商量好今晚要杀的人，疯狂给他眼神暗示，问他同不同意杀某人。

蒋舸点了头，闭眼，又睁眼，听上帝开始说话，才意识到他们杀了预言家。

接下来的发言，蒋舸听得心不在焉，还给陶思稚发了条信息，问他现在在做什么。

快轮到他说话时，他手机振了两下。他仍旧看了，陶思稚发了游戏截图过来，说：“钻已经集满了。”

仿佛在家过了半天生活，他就无聊得快受不了了。

蒋舸自己都不清楚自己后来玩游戏还说了什么，似乎应当是令人信服的，因为他们最后屠边（指杀死某一类型身份的所有玩家，狼人获胜）了。

秋游比蒋舸想象中还没意思，陶思稚没再给蒋舸发消息了，像是去专注地看自己有海洋画面的电影了。

下午四点出头，天色阴了，雨点稀稀拉拉掉下来，打在灰黄色的沙滩上。

老师们聚在一起，商量了几句，决定回程。

回去的车上，蒋舸身边坐了一个不太熟的女同学。女同学一副很羞涩的模样，和他搭了几次话，邻座还有她的朋友挤眉弄眼。

终于到了校门口，天色已近黄昏，蒋舸家里的司机早在不远处等了。

他下了车，坐进车里，司机开了一会儿，蒋舸突然开口，说：“先去陶思稚家吧。”

司机简洁地回答“好”，在前方转了弯，往陶思稚所在的小区开。蒋舸给陶思稚打了电话，问他：“你在家吗？”

陶思稚好像在吃东西，含含糊糊地说：“嗯。”

蒋舸听到陶思稚的声音，顿了顿，看了看街景，对陶思稚说：

“我再过十分钟能到你们小区门口，在上次我找你的便利店里见。”

“啊。”陶思稚说。

“你不是钻集满了吗？”蒋舸说。

陶思稚就轻轻地说：“哦。”

十分钟后，蒋舸到了上次的便利店，让司机先走了。

天完全黑了，路灯昏黄的光透过树叶的缝隙，照在水泥路上。晚风里没有了盛夏的暑气，和缓地吹拂着。

蒋舸站在便利店的门边，等了几分钟，终于看到陶思稚穿着T恤和薄睡裤，走出小区大门。

陶思稚手里拎着门禁卡和钥匙，慢吞吞地朝蒋舸走过来。在等待他走到身边的一分多钟里，蒋舸觉得自己被他影响了，也变得不大正常，行事做法平白无故地不再纯粹听从理智的调遣，在回家吃饭的时间来找一个所有人眼中无关紧要的人。

陶思稚磨磨蹭蹭，终于到了蒋舸面前，然后转头看看便利店，说：“我要先去买个冰激凌。”

便利店里恰好人很多，陶思稚在门口停住了脚步。

“我去吧。”蒋舸说。

陶思稚马上走到一边，给他让了路，指定口味：“要香草的。”

蒋舸走进去，拿了陶思稚要的冰激凌，排队时回头看了一眼，陶思稚像罚站一样站在落地窗边，睁大眼睛张望里面。

买完单，蒋舸拿着冰激凌走出去，递给陶思稚，陶思稚接过去，沉默地吃了起来。

吃了几口，他突然侧过脸，问蒋舸：“你来干什么？”

陶思稚看着蒋舸，眼睛黑白分明，眼神很干净。

蒋舸说:“不是来帮你抽卡吗,你手机呢?”

陶思稚好像呆住了,他看了蒋舸一会儿,对蒋舸说:“我忘记拿了。”

蒋舸也愣了愣,没能说出话来。

陶思稚手里的冰激凌化了,香草味的液体流到了纸巾上,他发现后,又低头开始吃。

吃完了冰激凌,陶思稚说要去洗手,往前走了几步,走进一个弄堂。

蒋舸跟着他过去,看他熟练地在一个花架旁边找到了水龙头,打开水冲了冲手,看起来是经常在便利店门口把冰激凌吃到手上的人。

弄堂里很黑,陶思稚洗完手之后,靠过来,手臂贴着蒋舸,说:“蒋舸,你明年带我去吧,后年也可以。”

他湿漉漉的手碰到了蒋舸的小臂,指腹微凉。

蒋舸说“好”,但是提醒他:“那里没旅游地图册上漂亮,挺普通的。”

陶思稚“嗯”了一声。

当时蒋舸的承诺是认真的,想要对陶思稚好也是认真的,他觉得陶思稚孤独得令人想可怜他。

甚至觉得或许可以尝试接受陶思稚古怪的示好,因为他看陶思稚要是靠自己,是没能力找到别人依赖或喜欢了。

他找不到另外一个愿意对他做慈善,陪他再次去一个无聊的不好玩的地方的好心人了。

蒋舸感到陶思稚又一次来拥抱自己,笨拙地搂住自己,呼吸在他胸口。

他没有拽开陶思稚的手，只是教育陶思稚道：“想两个人出去玩你就听话点，不要跟上次似的乱跑。”

陶思稚静了静，没翻旧账，说：“好的。”

他仰起脸，表情严肃，仿佛在等蒋舸的回拥，就像一个拥抱是缔结约定的正式仪式，只有完成这项仪式，他们才真正敲定了再一次前往海滨公园的旅程。

蒋舸本来不想做这么怪的举动，因为他们在室外，巷子不知道什么时候就会有人走进来。但陶思稚性格自我、固执，蒋舸让着他，所以还是抱了他。

18

想与个性古怪的人长期相处，便要习惯与他的怪癖共存。

蒋舸的经验是不必习惯，无视即可。

在无视陶思稚的狭隘兴趣、莫名走神、抗拒变化和胡言乱语之后，其实陶思稚大抵能被划入普通人的范畴。

秋游结束以后，陶思稚变得相对开朗了一些。

他筹划起明年的单日旅行，打算在高考结束七天后出发。他告诉蒋舸那是一个跨越端午假期后的周三，人应该很少；同时研究了一些防晒产品的防晒数值，调查其是否可靠，分享给了蒋舸。

在陶思稚沉迷于海滨公园旅游计划数天后，蒋舸在只有两个人的时候对他进行了一次打击：“差不多可以停了，肯定没你想的那么好玩。”

陶思稚坐在床上，背靠着墙刷手机，选择假装没有听到他说话。

等到游戏进行到要抽卡的时候，他才蹭到蒋舸旁边。

“今天帮我抽个丰收茱萸吧，”他肩膀靠着蒋舸的手臂，用听上去很天真的语调说着忘恩负义的话，“昨天你只抽到一张新的普通 R 卡。”

“陶思稚，你还有良知吗？”蒋舸接过他的手机，问他。

陶思稚什么都不说，侧头凑过来，拍了一下蒋舸的脸，就像蒋舸往常拍他。蒋舸熟练地无视了他的动作。

“抽抽。”陶思稚说。

重阳节特别限定活动开始了，陶思稚想要的卡大约有他自己能抽到的无数倍那么多。

十月底的周五，蒋舸和陶思稚走出校门，一眼看见了站在不远处的树荫下聊天的母亲和陶思稚的哥哥。

蒋舸脚步顿了顿，看了陶思稚一眼。陶思稚看到他哥，也露出有些许迷惑的表情。

近几个月来的大多数时候，周五放学后，陶思稚都跟着蒋舸回家吃饭，而后留宿他家。而且每到晚上十点左右，陶思稚会要求蒋舸带他去通宵书店，蒋舸他妈也不怎么管。

蒋舸怀疑陶思稚在家没有这种待遇。

“哥，”陶思稚走到他哥身边，自然地把书包拿下来，递给他哥，问，“你来有什么事吗？”

他哥呆了呆，说：“我来接你。”

陶思稚有点不情愿地说：“我平时周五住在蒋舸家的。”

“爸妈下午回来了，”他哥说，“我们明天要给你过生日啊，忘了吗？”

蒋舸闻言，也愣了一下。

陶思稚没有惊讶和停顿，平静地对他哥说：“我没忘，但是这跟我今晚睡在哪里有什么关系？”

“……”陶思稚他哥似乎很擅长解读陶思稚的逻辑，他问陶思稚，“你是不是在周五晚上养成了什么我不知道的新习惯？”

“我十点要去通宵书店，”陶思稚立刻说，还纠正他哥，“不是新习惯，已经养成有一段时间了。”

陶思远叹了口气，承诺陶思稚：“今晚我带你去好了。”

“好吧，”陶思稚说，“我到家门口还要买一个冰激凌。”

“好好好。”他哥无奈地说，而后转头对蒋舸笑笑：“辛苦你了。”

陶思远又说：“刚才我还在和蒋太太说，明天思稚生日，想请蒋太太带你一起来，不知道你是不是有空？”

“要是有别的约，也千万不要不好意思告诉我，”他善解人意地说，“你肯定有很多朋友。”

与此同时，话题的焦点陶思稚本人站在一旁，一言不发。蒋舸看他的表情，很明显已经在走神了，便对陶思远说：“有空。”

陶思远便表现出高兴，郑重向他道了谢，像觉得蒋舸愿意出席，就是对陶思稚天大的恩情。

上了车，蒋舸妈妈告诉蒋舸：“小陶告诉我，你是思稚第一个陪他过生日的朋友。”

“哦，”蒋舸刚收到杨骁的短信，打开手游，闻言下意识抬头问她，“陶思稚还有那种不陪他过生日的朋友？”

“怎么说话的？”她生气地瞪了他一眼。

蒋舸一愣，意识到他妈误解了他的问题，解释：“我不是这个意思。”

但他妈没信他，摇了摇头，说他“性格差”，过了一会儿，又自言自语：“明天送思稚什么好呢？小陶也真是的，今天才说。本来我想让你爸也去，刚才一问，他又没空……哦，我想起来了，我那里有一张给……礼物单，从上面选两个吧，我一个你一个。”

“不用了，”蒋舸拒绝了，“我自己挑。”

蒋舸往常送礼，都是直接问朋友想要什么，现在第一次想自己选，想了许久，却无法决定，因为就他所知的，陶思稚除游戏和明年预定的出行外，好像只喜欢他。

蒋舸脑海中甚至转过“不然送非实物的肢体接触当作礼物”这种根本不像他会产生的不大正常的念头，最后给陶思稚发了短信，问：“想要什么生日礼物？”

陶思稚不知在干什么，过了十多分钟，才回复蒋舸：“你昨天又没抽到的丰收茱萸。”

蒋舸放下手机，选择出门，挑选购买了一台游戏主机，以及他推测陶思稚有一点可能会喜欢的游戏。

陶思稚生日的餐厅定在他家小区附近一家中餐馆。

中餐馆的面积不大，装修精致，服务员领着蒋舸和他妈走进去，蒋舸注意到餐馆的清洁做得很好，红木家具的缝隙全都闪闪发光，一尘不染。

推开包厢的门，陶思稚坐在里面的位置上，身边应当是他的父母。

陶思稚的父母看外表都是事业成功的中年人，气质自信，谈吐不俗，自我介绍为市内某家知名律所的合伙人，和蒋舸预想中不大相同。

把礼物送给陶思稚，蒋舸和母亲在位置上坐下来后，陶思稚的父亲开始活跃气氛。

他开玩笑说，他们不是不想订再好一点的餐厅，而是本市愿意让陶思稚进后厨参观，还能达到他卫生标准的餐厅实在太少了。

整桌只有陶思稚没笑，他回头张望自己的礼物，然后看向蒋舸，隔着他父亲和他哥哥，问蒋舸：“我可不可以拆？”

陶思稚父母似乎忽然有些紧张，可能是觉得陶思稚不太礼貌，怕他唯一的朋友有意见。

蒋舸对陶思稚说“你拆吧”，他们才松了一口气。

陶思稚的爸爸端起酒杯，在陶思稚拆礼物的背景声中给蒋舸和他妈妈敬了酒，有些郑重其事地感谢了他们。

此时，陶思稚已经把蒋舸的礼物拆开了，拿出主机盒子翻来覆去看了看，问蒋舸：“这是什么？游戏机吗？怎么玩？”

他把主机盒子放回去，抱着店员帮蒋舸包好的大礼盒，走到了蒋舸旁边，说：“你教教我。”

“思稚，”陶思远有些尴尬地开口叫陶思稚，说，“你先回来坐着吃饭吧。”

陶思稚还是看着蒋舸，突然说：“太重了，我抱不住了。”礼盒就从他手臂间滑下来，掉在地上，砸到了他的脚。他往后一跳，发出呜咽：“好痛。”

蒋舸差点笑了，让他抱东西小心点，低头帮他拿出主机盒拆开，又把给他挑的游戏拿给他看，介绍了几个。

陶思稚靠在蒋舸的椅子旁边，不愿回去，对蒋舸介绍的游戏指指点点，“哦，这个我不喜欢”“还可以”“这个很好，你真有眼光”，还有十分贪婪的“那你送了我这个很好的游戏机，明天还会帮我抽丰收茱萸吗”。

碍于陶思稚的家人在场，蒋舸一句多余的话都没说。

蒋舸是不介意陶思稚一直在他旁边说话，毕竟两人座位之间隔了两个人，距离挺远的。

但陶思远很快就看不下去了，走过来，强行把陶思稚拉走，按在椅子上坐下了：“吃完饭回家我陪你研究吧。”

陶思稚的表情不大情愿，他看了看蒋舸，又不高兴地对陶思远说：“不用了，这是我的。”

陶思远举起双手："你说什么就是什么。"

这天中午，陶思稚的父亲似乎很高兴，喝了大半瓶白酒，肉眼可见地话多了起来。

他先是和蒋舸的妈妈聊，发现了他们有不少共同的朋友，又说了些生活趣闻。后来陶思稚的妈妈向蒋舸的妈妈咨询起慈善基金的事，他就安静地听了起来。

话题接近尾声时，他忽然对蒋舸的妈妈感慨："其实弟弟八岁的时候，我们还以为他交到了第一个朋友，让弟弟邀请他来家里参加生日会。弟弟说他会来，一直从中午等到了晚上，不肯点蜡烛。"

蒋舸他妈睁大了眼，蒋舸也看向他。唯有陶思稚偷偷摸摸地低头，在研究主机说明书。

陶思稚爸爸继续说："后来是我忍不住问班主任要了那个同学家长的联系方式，打电话去问了问，他家长说他约了朋友，在家玩得正高兴呢，根本没提过弟弟的事。"

蒋舸听着，看了看陶思稚，陶思稚抬起了头，看着他爸，像随意一问："是殳华吗？"

他爸"嗯"了一声，露出了恼怒的表情，低声说："后来我们才知道就是他第一个在背后叫你……你的绰号，还偷你的东西。"

"爸，"陶思远叫他，"好了，别说了。"

陶思稚的爸爸低下头，沉默地喝了口酒。

"这孩子太坏了。"蒋舸妈妈愤愤接话。

这时候，陶思稚又看起说明书，如同并没有提过问一样。蒋舸看了陶思稚一会儿，问陶思稚的爸爸："最后陶思稚吃蛋糕了吗？"

"他不想吃，我给他点上蜡烛，他就气得哭了，冲我发脾气，还打我，"他爸说着，又笑了笑，"不过最后还是吃了，毕竟是香草味的。"

或许是觉得话题有些沉重，之后他没有再说陶思稚的事，转而叫服务员把蛋糕拆了拿上来。

陶思稚的蛋糕是纯米白色的，没有任何装饰，他父母给他点了十八岁的蜡烛，关了灯，一起唱了《生日快乐歌》，陶思稚把蜡烛吹灭了。

灯亮起来的时候，陶思稚很少有地露出了一个有意义的微笑，他抿起了嘴唇，脸颊微微鼓起来，眼睛看着蛋糕。

“弟弟，可以许愿了。”陶思稚妈妈说。

陶思稚看她一眼，她忽然对陶思稚补充：“愿望不用说出来啊。”

“好吧，”陶思稚说，而后注视蛋糕想了片刻，“许好了。”

午餐结束以后，他们走出餐馆，蒋舸终于走到了陶思稚边上。

陶思稚还是穿着看起来就很舒服的没有图案的T恤，放慢脚步，一边走，一边看蒋舸。等离两人的家长有一小段距离，他问蒋舸：“你什么时候教我玩游戏机啊？”

“你想什么时候？”蒋舸看着陶思稚，问。

陶思稚的睫毛很长，不过不算太密，是棕色的，看上去非常柔软。他看看蒋舸，又看看前方帮他提着礼盒的陶思远，小声说：“想现在。”

“那你跟我回家吧。”蒋舸对他说。

陶思稚“嗯”了一声，指使蒋舸：“你去跟我哥说。”

蒋舸只好去和陶思远打了个招呼，陶思远感激地把袋子给了蒋舸，说：“麻烦了！”

蒋舸妈妈下午要去基金会的办公室，先把蒋舸和陶思稚送回了家。

蒋舸提着礼品袋走上楼梯，陶思稚走在他旁边，伸手拍拍他的手，拍得很轻，好像在提示蒋舸他在。

走进蒋舸的房间，蒋舸把袋子放在地上，陶思稚挨他更近了，就像贴在他背上，从后面靠着他说："蒋舸，我以后还是想跟你去通宵书店。"

蒋舸回身，垂眼看了陶思稚几秒，轻按着他的肩，说："和你哥去不好？"

"陶思远不管我，"陶思稚理直气壮地说，"不好好陪我，没有你陪我好。"

蒋舸看着他天真的样子，顿了顿，问："是吗？"

"嗯，"陶思稚点了点头，露出了一个怪但有些可爱的笑容，"对啊。"

他的眼睛眯起来，脸离蒋舸很近，蒋舸有时候不知道陶思稚说这句话，或者说那句话是什么意思，只是觉得陶思稚很擅长让人走神，也擅长让人多想。

"陶思稚。"蒋舸叫他，他"啊"了一声。

"……如果以后有别人带你去通宵书店，像我一样——"蒋舸说了一半，没有说下去。

陶思稚本来就不聪明，看着蒋舸，似懂非懂的模样，问："是谁啊？"

"……一直从中午等到了晚上，不肯点蜡烛。"

蒋舸的大脑中忽然清晰地响起陶思稚父亲在吃饭时说的话。

他看了陶思稚很久，等到陶思稚已经被别的事情吸引了注意力，看着蒋舸卧室的墙纸开始发呆，才对陶思稚说："没有谁。如果你想去，我就带你去。"

19

陶思稚手指是凉的，指缝间微热，他的手掌柔软，手腕很骨感，身上有清淡的皂香。

他因为蒋舸的承诺而开心，又一次露出了那种有点怪但有些可爱的笑容。

蒋舸笑对他说生日快乐。

他没说话，看了蒋舸片刻，目光紧跟着蒋舸不放，像怕蒋舸离开。过了许久，他才眨了眨眼，对蒋舸说：“蒋舸，你以后都来跟我一起过生日吧。”

蒋舸房间的窗帘拉了大半，陶思稚的眼睛在阴影里，显得无神但无害。

他总是摆出一副正在认真神游的表情，眼神也时常是看着其他地方的。陶思稚不爱与人做视线接触，像一座能从大陆海湾遥遥望见，却没有桥梁连通的孤独小岛。

很少的时候，小岛会发出只言片语，费劲地和站在海湾某处的某人交流。

蒋舸回答他：“行。”陶思稚又说：“那你要准时来，我要准时吃蛋糕。”

蒋舸抬手揉陶思稚的脑袋，说：“哦。”

而后他没有控制住自己，问陶思稚说：“我要是没准时来，你会怎么样？”

陶思稚愣愣地看着他，好像想了但没想出来，放弃了继续思考，俯身把游戏机从袋子里拿出来，拆开盒子，拿出了说明书。

蒋舸以为他不会再回答了，但是陶思稚拿着说明书读了两页，突然抬头对蒋舸说：“我想要准时吃蛋糕。”

蒋舸心软了，对他说：“我会准时的。”

陶思稚点点头，用信任的眼神看着蒋舸说“嗯”。

不知为什么，陶思稚垂下眼睛的时候，蒋舸又想到了陶思稚爸爸口中那个也收到过生日邀请的同学，发现自己确实无法接受有人曾让陶思稚遭受伤害。

陶思稚又俯身，拿了刚才觉得喜欢的一个音乐游戏，走到蒋舸房间的沙发旁坐下来，按照说明书，把游戏装进主机。

蒋舸看他笨拙地玩了一会儿，手把手教了他几次，他还是不会。

陶思稚的头脑反应很快，但手指的操控似乎总是慢半拍，很难完成精确的操作。

他不断地尝试，不断迅速失败。蒋舸都觉得他失败率高得有点可怜，帮他把难度调到新手模式，他终于开始成功。

连续玩了半个小时后，他放下了游戏机，对蒋舸说：“这个游戏太有挑战性了，我休息一会儿，养足精神。”

蒋舸觉得好笑，不过没笑，因为陶思稚很不喜欢别人笑他，会不高兴。

他把游戏机放到一边，掏出手机，玩起了他的旧爱《流星蔷薇园》，还自言自语道：“玩物丧志，差点忘记做日常。”玩了一会儿，他忽然抬起头，蒋舸以为他要自己抽卡，没想到陶思稚说：“你想不想知道我许了什么愿望？”

蒋舸：“你说。”

“我希望今年能在高三的动员会上中奖，”陶思稚告诉他，“我上周三下午两点五十分，在教师办公室听教导主任说，这次动员会的奖品比你抽到的还要丰富。”

“……”蒋舸立刻想到了自己崭新的三十九本教辅书，以及每周三的‘名师改卷’，他面无表情地说，“哦，那我的生日愿望是别中奖。”

陶思稚惊诧地看蒋舸：“什么？你不想要吗？”

“不想要。”蒋舸说。

“那你换一个生日愿望，不要不抽到，你抽到可以送给我，我打算把文科教辅书卖给文史先修班的人，收到的钱充进游戏。”陶思稚突然快速地计划起没发生的事。

“……请问你在文史先修班有认识的人吗？”蒋舸提出一个很现实的问题。

陶思稚“噢”了一声，不吱声了，过了一会儿，凑过来问蒋舸：“你有吗？”

蒋舸拍他的脸：“没有。”

陶思稚抬手推推蒋舸的胳膊，口齿不清地说：“你去认识一个吧。”

“你怎么不去？”蒋舸问他。

陶思稚转开眼睛，不说话了。

沉思片刻，他改变了计划，沉痛地决定：“我挂到二手图书网好了，虽然价格低廉一点。”

他说得如同确有其事，又挨近蒋舸，给蒋舸鼓气：“蒋舸，你一定要中奖！”说完又过来握了握蒋舸的手，不知道是要将并不存在的好运传给蒋舸，还是提前分享中奖的喜悦。

“陶思稚，”蒋舸还是笑了，边往后让了让，边问他，“你怎么这么奇怪？”

陶思稚理直气壮又自信地说：“会中奖的。”然后低头继续做起任务，玩节日副本。

陶思稚玩起游戏，就变了一个人，像在打磨艺术品的匠人，潜心鲜花园艺。

蒋舸看了几分钟，还是没有控制住自己，问陶思稚：“殳华是怎么回事？”

他看到陶思稚的手停顿了一下，听到陶思稚说：“啊。”

“你小时候很喜欢这个朋友吗？”蒋舸看着陶思稚的睫毛，随意地说。

“不喜欢。”陶思稚盯着手机屏幕，声音平板，快速地回答。

过了片刻，陶思稚又低着头说：“我已经讨厌他了。”他没有停下手，手指在屏幕上点剧情，还是逐字逐句看。

看了几页剧情，陶思稚再次开口，说：“殳华骗我，而且我哥说他欺负我。”

蒋舸碰碰他的脸颊，低声问：“怎么欺负你？”

“他偷了我整整 6 个作业本，偷偷扔掉我的试卷，”陶思稚抬起脸，看着蒋舸，对他说，“偷我的零花钱，叫我小偷，答应我来我的生日会，又不来。”

陶思稚说：“我讨厌他。”

“不过他有时候对我很好，”陶思稚又垂眼看看手机，似乎理性地补充，“他跟我说话，不像别人会笑我。我摔跤的时候，殳华就把我扶起来，带我到医务室处理伤口。”

陶思稚告诉蒋舸：“那时我不会自我管理，我讨厌碘酒的味道，用手打了他和医务室的医生，他也没有打我。”

蒋舸很难形容自己的心情，他伸手碰碰陶思稚的头，说：“这样就算对你好？”

陶思稚没有说话，他做完了副本，拿到奖励，抬起头，看到蒋舸在看他，顿了顿，也注视蒋舸。

末了，陶思稚忽然说：“蒋舸，你对我最好。”

“从来没有人像你对我这么好过，”他对蒋舸说，“帮我抽卡，陪我过生日，送我游戏机。我从来没有碰到过这样的事。”

他倾身靠向蒋舸，说：“你是我最好的朋友，我喜欢你。”他靠着蒋舸，温柔地笑着。

蒋舸怔了许久，轻拍陶思稚瘦弱的脊背，也有点紧张和小心地将陶思稚护住，连同陶思稚的怪异、笨拙、直白、飘忽不定，以及一个从来没好过的坏运气。

陶思稚在他身旁平缓地呼吸。

蒋舸想，他清楚，也承认，陶思稚在许多人眼中微不足道，但都不妨碍在他心中珍贵。

20

蒋舸很难确定自己开始转变的具体时间，但高三的深秋，他走到哪都想把陶思稚带着。

国庆假期结束之后，明德缩短了高三生的放假时间，周六下午开始放假，周日下午就得返校。

蒋舸朋友众多，一到休息日便邀约不断，陶思稚不是每次都愿意和他一起去。

十一月底某个周五晚，杨骁发信息给蒋舸，问他明晚去不去游泳。

蒋舸便问陶思稚："你游泳吗？"

"不游，"陶思稚在读一本科幻小说，头也不抬地说，还提前警告蒋舸，"我是不会靠近游泳池的。"

"如果你陪我去游泳，结束后去通宵书店，应该能赶在十点到。"蒋舸暗示陶思稚，"如果我结束后再来接你，我们可能要迟到。"

陶思稚抬起眼，走神一般看着蒋舸。蒋舸可以看出他正在准时到书店和不用去泳池两个选项之间摇摆、挣扎，最后陶思稚仍然说"我不想去"，蒋舸便没逼他，对他说："我早点回来接你。"

陶思稚继续看他的科幻小说了。

第二天傍晚，蒋舸他妈吃完晚饭就出去了。

陶思稚在蒋舸书房找到了抽奖抽到的教辅书，珍惜地一本接着一本翻阅起来。

杨骁打电话催促蒋舸，蒋舸便和陶思稚说了一声，去游泳了。

游泳馆在蒋舸家附近的一家酒店里，蒋舸很快就到了，换了衣服，披着浴巾走到泳池旁，看到了趴在池边的杨若若。

杨若若一见到他，立刻开始四下张望，没找到想找的人，才问蒋舸：“哥，陶思稚呢？”

蒋舸想到看电影时陶思稚的反应，有些许庆幸地对杨若若说：“他没来。”

杨骁游了过来，问了和杨若若一样的问题。

蒋舸皱了皱眉头，刚想骂他，突然听到身后有人叫自己。

“蒋舸，蒋舸。”一个不应该出现在这里的声音。

蒋舸回过头去，看到陶思稚背着书包，站在不远处，右手抓着手机，眼神仿佛还有点高兴。

“找到你了，”他说，又问蒋舸，“你怎么不接电话啊？”

蒋舸听见身后的杨若若想要出水的声响，感到一阵头痛，走向陶思稚，问他：“怎么又来了？”

“我怕你迟到，”陶思稚说，“看管泳池的人本来要我买票，我说进来找同学，不会游泳的，他就带我进来了。”

蒋舸才注意到他身边的工作人员，工作人员的表情有点无奈，说：“这是您的朋友吗？不论下不下水，我们进场确实都需要出票的。”

“嗯，”蒋舸看他一眼，说，“我去拿卡。”

这时候，杨若若和杨骁都走到了他们身边。

“学长，”杨若若笑眯眯地靠近陶思稚，对他说，“好久不见了哦！”

在她靠得更近之前，蒋舸抢先道“我们去更衣室”，拽着陶思稚走了。陶思稚被他拉得差点跌倒，扶住他的手臂才稳住。

蒋舸刷手环进了他的更衣室，又把门锁起来，问陶思稚：“你怎么找来的？”

“司机带我来的。”陶思稚睁大眼看着他，说，“我已经把游戏机和手机的电都充满了，就在旁边等你，不影响你。”

“不是不愿意来吗？”蒋舸看着他的眼睛，碰了碰他的脸颊，问。

“我怕你迟到，”陶思稚突然垂下眼睛，好像很感兴趣一样，碰了碰蒋舸腰上的肌肉，“像在云山的书店一样。”

蒋舸怔了怔，有点无奈地对陶思稚说：“我不会迟到的。”

“以后都不会了。”蒋舸又说。

陶思稚没说话，还是在碰蒋舸。起先蒋舸没管，但他碰了好一会儿，蒋舸有点受不了，才把他的手拉开了。

陶思稚的手被蒋舸拉到一旁，他仰起脸，对蒋舸说：“我没有这块肌肉。”

蒋舸“嗯”了一声，把浴巾扯好了点，搂了搂陶思稚的肩膀，想把他往更衣室带，说：“我不游了，我们走吧。”

“为什么？”陶思稚拒绝了，“我是来等你的，你不要打乱我的计划。”

蒋舸对他没什么办法，半真半假地吓唬他：“你要是在外面等，杨若若会坐在你旁边，你愿意吗？”

“她不游泳吗？”陶思稚有点好奇地问，“为什么坐在我旁边？”

蒋舸莫名不想跟陶思稚解释得太清楚，就说：“可能游累了。”

“哦，”陶思稚说，“我坐着等你。”

“我想看你游泳。”陶思稚又说。

蒋舸和他对视了片刻，放弃了僵持，同意了：“好吧。”

回到泳池，蒋舸给工作人员刷了卡，让陶思稚帮他抱着浴巾，下水游泳了。

他游得不怎么认真，留意着坐在椅子上的陶思稚。

陶思稚一开始乖巧地抱着他的浴巾，看蒋舸游泳，后来终究忍不住，拿出游戏机开始打游戏。杨若若走到他旁边坐下来，一边看他打，一边跟他搭了一会儿话，最终面露失望地走了。

不知道她是对陶思稚不好好说话失望，还是对他音游的游戏水平失望。

又过了一会儿，杨骁游到蒋舸身边，喘着气问他：“你们怎么回事？”

“你怎么回事？”蒋舸没回答，反问他，“带人不说一声。”

“她临时非要跟来，”杨骁委屈地说，“我有什么办法？我不像你，我在家地位不高。”

正说着，杨骁突然停下来，看向岸上，蒋舸也停了，回头望，恰好看到陶思稚抱着浴巾，不知所措地看着一个背对着他们的男子。

蒋舸游到泳池旁，上了岸，疾步走到陶思稚身边，正听到那个男子说：“还好你没什么变化，我一眼就认出你了。”

“思稚。”蒋舸叫他。

陶思稚看见蒋舸，忽然像松了一口气，用有点可怜的语气叫他：“蒋舸。”

陶思稚把浴巾递给他：“你来了。”

蒋舸接过浴巾，半挡在陶思稚面前。

和陶思稚搭话的是个看上去年近五十的中年男子，比蒋舸矮半个头，瘦一些，挺着啤酒肚，肤色微黝。

他看看蒋舸，又探头看看蒋舸身后的陶思稚，说："思稚，你交到朋友了？不错，有人愿意当你这种……的朋友。"

蒋舸感到陶思稚又往自己背后多躲了点，揪着自己披在身上的浴巾。

"蒋舸，"陶思稚在他身后说，"我要走了。"

"那走吧。"蒋舸又看了那人一眼，搂着陶思稚往更衣室走。

他在更衣室换衣服，陶思稚坐在椅子上等他，没再玩游戏了，眼神呆呆的，看起来更加可怜。

蒋舸把东西整理好，叫了他一声，他才抬头看蒋舸。

"他是我小学一年级的班主任，"陶思稚对蒋舸说，"小学毕业以后，我就没有再看见过他了。"

陶思稚垂头丧气地说："真倒霉。"他连抽三次没新卡的时候都没有用"倒霉"形容过自己。

从酒店出去，蒋舸刚要打车，陶思稚突然说自己不想去书店了，要回蒋舸家。蒋舸看他一副不开心的样子，带他回家了。

回到蒋舸家，蒋舸的妈妈还没回来，陶思稚一声不吭，蔫巴巴地回了客卧。蒋舸洗了澡，想去陶思稚房间看看，还没走到门口，就有人敲他的门。

他走过去打开，陶思稚抱着自己的枕头站在外面。

"蒋舸，"陶思稚没看他，自顾自说，"我今天睡在你这里。"

21

关灯后，陶思稚起先老老实实地躺在床上。

他没抱被子过来，所以盖了蒋舸的被子，躺姿安分，呼吸弱不可闻，像诚心诚意过来睡觉的。

不过安静了一会儿，陶思稚开始说话了，他侧过身，问睡在沙发上的蒋舸："蒋舸，我发现你的被子比我的厚。"

蒋舸问他："你热了？"他又否认了："不热。"

蒋舸"嗯"了一声，让陶思稚快睡，陶思稚小声对他说："我还不困。"

"那你想干什么？"蒋舸尽量耐心地问他。

"不知道，"陶思稚说，"我现在还在考虑。"

他说话的语气十分认真，如同认为睡不着该做什么非常值得思考。蒋舸被他逗笑了，说："那你好好想。"

陶思稚"嗯"了一声，伸手，叫蒋舸的名字，问他："几点钟了？"

蒋舸看了看表，说："十点半。"陶思稚说"玩会儿游戏"，侧过身背对着蒋舸玩手机。

蒋舸看着他毛茸茸的头发，想了一小会儿，叫他，问："刚才碰到的班主任，对你很不好吗？"

陶思稚回过头来，没什么表情地看了看蒋舸，又转过去玩手机了，似乎并不打算回答这个问题。

过了片刻，他突然回身，把手机递给蒋舸。蒋舸以为要抽卡，接过来发现是一个餐馆的点评页面。

“蒋舸，”陶思稚说，“我想吃这个蛋糕。”

他坐起来，点给蒋舸看。

蒋舸看了一眼，陶思稚还把点评读给他听，蒋舸听着觉得都是花钱买来的好评，把看上去很普通的蛋糕吹得像世间只有这家有。

不过他还是说：“明天去给你买。”

“这家店开到十二点，”陶思稚说，“我们现在去吧。”

“不能明天吗？”蒋舸问他。

陶思稚摇头说：“不行，我现在想吃。”

“我们走吧！”他说着就要下床，蒋舸有点无奈地把他拉回去，说：“我去吧。”

司机还没回来，蒋舸打了车，去陶思稚给他看的那家餐馆，在路上还接到了他妈的电话，他妈说晚上住在姐妹家，不回来了。

到了餐馆门口，蒋舸发现陶思稚想吃的蛋糕确实挺热门的。餐馆专门设了一个小门，卖这种蛋糕。

大半夜的，街上行人寥寥，卖蛋糕的窗口倒是排了不少人。

蒋舸排在一个女生后面，排了大半个小时，到他买单时，店员露出了抱歉的表情：“对不起，蛋糕卖完了。”

蒋舸想到陶思稚还在家里苦苦等待蛋糕，顿了顿，看到排在他前面的女孩刚拿好自助餐具要走，便礼貌地叫住她，问她能不能把蛋糕卖给自己，又说了一个价格。

女孩露出了十分惊讶的表情，问他：“真的假的？……这也太多了。”

蒋舸问她行不行，她想了想，又问蒋舸："你买给谁啊，你喜欢的人吗？"

蒋舸没有回答她的问题，有点无奈地说："他一定要吃。"

"哇，"女生抿抿嘴唇，犹豫了几秒钟，说，"好吧，反正我以前吃过的，就卖给你好了。"

蒋舸给她转了钱，回到家里，陶思稚已经睡着了，侧躺在床上，手心还放着游戏机，头发凌乱，脸颊红润。

蒋舸把他手里的游戏机拿开，他就醒了，有点迷糊地看着蒋舸，像成年人比如蒋舸他妈喜欢看的电视剧中终于等到家里人回家的、睡在沙发上的小朋友。

蒋舸没有设想过太多未来生活，但他觉得从高中到大学，再到毕业后工作，陶思稚应当始终在他身边不走。

22

高三上学期的十一月底，张东匀的球赛结束了，回校准备参加体育生的保送考试，住在寝室的时间也变多了。

陶思稚不大会在张东匀也在寝室时，和蒋舸靠得很近，不是坐在椅子上看书，就是在玩游戏。

他的音游水平有所进步，尝到成功的感觉后，曾不自量力地拉着蒋舸打了一次双人游戏，放话说他应该是全寝室最会玩这个游戏的人。张东匀在一旁观战，看了一会儿，露出了同情的眼神。

一场游戏结束后，陶思稚再也没有提过主机的双人游戏功能，蒋舸有时看他艰难地闯关，问他要不要再玩双人，陶思稚会装作没听到，过了一会儿才抬头，问他："啊。什么？"

原本他们还有周六一晚可以待在一起，但十二月份，由于本市的事务所工作繁忙，陶思稚的母亲回来办公一个月。

她觉得陶思稚每周周末只休息一天，还住在别人家，是十分不符合礼节的事，因此陶思稚也不再在蒋舸家借宿了。

元旦跨年的前夜也是如此，下午放学后，陶思稚就和蒋舸分别了。

这天夜里的天气很好，蒋舸和母亲一起吃完晚餐，母亲突然感慨：“思稚在家里就热闹一点，他那个游戏音乐很好听。”

蒋舸笑笑，没说什么，饭后陪她在客厅看了一会儿跨年晚会的直播。

到九点多时，门打开了，蒋舸父亲很罕见地回了家。

他似乎喝了一些酒，把外套丢给保姆，走到蒋舸妈妈身旁，俯身吻了吻她的脸，看了蒋舸一眼，有些不满地说：“什么时候了，还在楼下看电视。”不过也没催蒋舸上楼，坐在了蒋舸妈妈旁边，兴高采烈地和她说最近带公司开疆拓土的故事，嗓门有些大，盖过了晚会的音乐。

保姆给他煮了醒酒汤来，他端着喝，客厅才安静了片刻。

喝完汤，他看了会儿电视，忽然把话题转向了蒋舸，问蒋舸他妈：“蒋舸最近学习怎么样，家长会丢没丢你的脸？”

听太太说蒋舸的分数有起色，他看起来比较满意，点了点头，吹嘘了一番自己从前自学成才，从乡村考入名校的成就。

蒋舸收到了陶思稚的短信，打开来看，是一个来自《流星蔷薇园》的程序分享，看来在玩游戏。

“对了，蒋舸。”他爸突然叫他，声音低沉了一些。

蒋舸抬起头，和他爸对视，不知怎的，他爸突然顿了顿。

“你也长这么大了，”他爸忽然感慨，转开眼，看看蒋舸他妈，像在找勇气和鼓励似的，而后低头，清清嗓子，对蒋舸道，“后天是你爷爷忌辰七周年，我打算把胡以追也带去。”

“他总归是我们家的血脉，”他说，“希望你到时候对他友善一点，他妈妈前阵子还给你妈发了他的 CT 片子，别让你妈也难做人。”

蒋舸没说什么，他妈开口道：“我倒还好，找医生看过片子了，他问我是不是发错了，看着年纪挺大了，不像是十几岁的青少年。”

他爸噎了噎，气势弱了些：“是吗？”

这时候，蒋舸又收到一条短信，陶思稚发来的：“我哥为了去加班，提前带我来书店了。”

“书店里都是人，”他又说，“可怕！”

蒋舸没意识到自己笑了，他爸在一旁说：“看个短信还笑，不会是谈恋爱了吧？”

“高三恋爱不可取，”他爸又说，“害人害己。”还看向蒋舸他妈，寻求认可：“老婆，对吧？”

蒋舸他妈没理他，蒋舸看着手机，想了想，回陶思稚：“阿姨呢？”

“今天去找我爸了，”陶思稚回他，“说要一起请一个客户吃饭。”

而后陶思稚又说：“我要回家了。一本书都没买。”

看上去很不高兴。

陶思稚的抱怨短信接连不断发来，蒋舸盯着手机屏幕，打上“我来找你吧”，过了几秒，改成“我来给你买冰激凌”。

陶思稚立刻回他：“好！”

陶思稚还给蒋舸发了他现在的定位，说：“我 20 分钟以后就会到家。”

蒋舸站了起来，说：“我出门了。”

他爸立刻皱起眉头：“这么晚，去哪儿呢？”

“带陶思稚去书店，”蒋舸对他妈说，“他哥加班了。”

他妈愣了一下，说：“好吧，让司机送你。”

“我打车吧。”蒋舸说。

他爸在后头问陶思稚是谁，他也没管。

蒋舸坐上出租车，旁边的车窗微微有一点缝隙，冷风灌进车里。蒋舸心里有些烦躁，想尽快见到陶思稚。

跨年的夜晚，街道上有些堵，车开开停停，过了半小时，才到陶思稚家的小区门口。

蒋舸下车，看到陶思稚包裹得严严实实的，站在便利店里面的落地窗旁边，等待他。

隔着窗看陶思稚，陶思稚的表情有些许无神，但是看到蒋舸的时候，陶思稚好像立刻就高兴了一些，用有点奇怪的姿势冲蒋舸挥挥手，露出了很淡的笑容。

蒋舸走进便利店，暖流扑面而来，陶思稚说："蒋舸。"

但是他站着没动，好像不想靠近排队的人。

蒋舸给他买了冰激凌，又有人进店，陶思稚决定出去吃，还说自己已经做好了准备，指了指自己的羽绒服和围巾。

两人走出便利店，在街对面弄堂边新放的铁艺椅子上坐下来。

陶思稚静静吃起冰激凌，吃了一会儿，蒋舸问他："这么好吃吗？"

陶思稚就说"嗯"，对蒋舸说："你也去买一个吧，很好吃。"

蒋舸拒绝了："不用了。"

陶思稚看着蒋舸，忽然靠过来，把冰激凌杵到蒋舸脸边，做出大方的态度，对蒋舸说："稍微给你尝一下。"

蒋舸又说"不必"。

陶思稚好像觉得蒋舸的推拒很不合理，将冰激凌在蒋舸面前晃来晃去，不依不饶："先给你闻闻味道。"

"这么香，"他自卖自夸，"如果想吃完整的，你只能自己去买。"

冰激凌的香草味非常浓郁，蒋舸闻到了，但没有反应。陶思稚又晃了几下，可能是怕化了，就重新拿回自己嘴边，低着头吃起来。

蒋舸静静看着他吃，一句话也没再说。

过了一会儿，陶思稚突然对蒋舸说："蒋舸，你不高兴。"

"你不高兴，所以来找我。"他没看蒋舸，含含糊糊地说，嘴里还有冰激凌没吞下去。

蒋舸愣了愣，承认了："嗯。"

弄堂口有时有穿堂风。

"后天是我爷爷的忌日，我爸要胡以追去祭拜我爷爷。"蒋舸对陶思稚说。

陶思稚转过头，看看他，蒋舸又说："他是他妈偷偷生下来的，我爸也是到我上小学了才知道。那时他不敢告诉我妈，偷偷带胡以追和我去过几次游乐场，想让我们培养感情。"

"哦，"陶思稚说，"游乐场。"

"我跟他玩不到一起，不想去，他说胡以追身世可怜，是烈士的孩子，我信了，勉强去了几次，后来才听到胡以追管他叫爸。"

说到这里，蒋舸自己笑了。陶思稚看着蒋舸，紧紧皱起了眉头。

"你爸爸骗你。"陶思稚说。

蒋舸说"嗯"，又说："最后一次出去，胡以追想把我推下水，没推动，自己掉下去了，说是我推的。我爸就再没带我们一起出去过。"

"我妈知道他之后，对他和他妈挺好的，我和他平时见不到面，也记不住他。一直到高二，他不知怎的转到了我们学校。

"进学校没多久，有个短头发的女生跟我表白，被他看到了，他四处传谣说我喜欢男的。"

"啊，"陶思稚突然说，"那你不喜欢男的吗？你讨厌所有男的吗？"

陶思稚听得冰激凌又化了，不过没化到手上，聚在筒里。他似懂非懂地对蒋舸说："但我是男的。"

蒋舸感到心软，觉得凭陶思稚的理解能力，可能听不懂太多复杂的解释，简单地对陶思稚说："我不讨厌你。"

“那喜欢吗？”陶思稚追问。

蒋舸看他很困惑，觉得好笑，就说“嗯”。陶思稚“哦”了一声，认真地对蒋舸说：“那我也是。”

他没有再吃冰激凌了，努力地安慰蒋舸。“蒋舸，你不要不高兴。”他又说，“你不高兴，我也觉得很难过。”

蒋舸看到他的甜筒的底被冰激凌的液体浸透了，滴到马路上。陶思稚的手被那些液体弄得很脏。

他帮陶思稚把甜筒拿去扔掉了，从椅子上拿起刚才便利店给的纸巾，给陶思稚擦了手，在黑暗的、安静的街边的角落对陶思稚说“我不会再不高兴了”。

陶思稚低头看蒋舸正在帮他擦拭的手的动作，平静地说“哦”和“那就好”。

当陶思稚还陪伴在蒋舸左右时，蒋舸感到自己被陶思稚的一切古怪的言语、所有离奇的念头包围。

而其他让蒋舸在意过、不够完美的事，也因此显得无足轻重。

23

这天晚上，陶思稚吃过冰激凌，去洗手的时候，口袋里的手机响了。

蒋舸帮他拿出来，是陶思远打来的，他帮陶思稚开外放接听，陶思远有些疲惫的声音从扬声器里传出来：“弟弟，我晚上留在公司加班，睡觉回不来了。”

“但是应该赶得及回来给你做午饭，”陶思远说，“早饭的面包在冰箱里。”

陶思稚洗完了，甩甩手，凑到蒋舸手边，微微大声地对着话筒说：“哦。”

挂了电话，蒋舸看着陶思稚，有点想让陶思稚跟他回家，但随即想到他爸还在家，便没有说出口。

“我得走了。”蒋舸说。

陶思稚很轻地“啊”了一声，抬头看着蒋舸，用还湿着的手很轻地抓住了蒋舸的手腕。看蒋舸没挣开，他又得寸进尺靠过来，用理所应当的语气说：“走吧。”把蒋舸往他家小区门口拉。

“我没说回你家。”蒋舸试图阻止。

陶思稚就像没听到，拽着蒋舸继续走。

蒋舸确实也不想回家，便跟他妈说了一声，跟陶思稚回家了。

陶思稚刷了门禁卡，带蒋舸走进小区，又走了没多久，进了他家所在的楼里。陶思稚家在19楼，面积很大，装修得简单，不过维护得很好。

蒋舸跟着陶思稚走进客厅，忽然觉得有些奇怪，陶思稚家从客厅到餐厅，几乎没有落地的家具，墙上钉着不少木板和玻璃柜，用来置物。木板和玻璃柜的高度，目测都在1.5米以上，看上去十分怪异。

蒋舸走到其中一块木板边，看了看，感觉不像是装修的时候就设计好的，转身问陶思稚：“你家钉这么多板干什么？”

陶思稚没说话，他在给蒋舸拿水杯。

水杯在投影屏幕旁边一个很高的玻璃柜里，陶思稚微踮着脚，把玻璃柜门拉开了。

他的卫衣下摆被抬手的动作吊起来，露出了小半截腰。

他摇摇晃晃的，终于拿到了杯子，但拿得不大稳。

蒋舸看了几秒，从背后半扶住他，接住了杯子，想了想，还是说：“陶思稚，你衣服太短了。”他伸手帮陶思稚往下扯了扯，手碰到了陶思稚的腰。

陶思稚很怕痒，突然咯咯地笑了起来，越发摇摇晃晃。蒋舸怕他摔跤，把杯子放到了一旁，抓着他的手，将他半抱着。

时间还不是很晚，陶思稚要蒋舸陪他看一部电影。

他拿起一个放在茶几上的小本子，对蒋舸说：“本来是我哥要陪我看的。”蒋舸看了一眼本子，上面写了十几部电影的片名，有几部后面打着钩，有几部没有。

“这是什么？”他问陶思稚，“你看电影还有计划？”

“李老师给我的下半年观影单。”陶思稚看着本子，说。

蒋舸又问“李老师是谁”，但陶思稚好像在研究片单上的影片介绍，没有回答蒋舸。

陶思稚看了好一会儿，似乎都没选定要看的电影，盯着本子不说话。

“选不好？”蒋舸问。

陶思稚“嗯”了一声，说：“我都不想看。”

“不想看为什么要看？”蒋舸又问。陶思稚不说话，蒋舸便说：“你有别的想看的电影吗？”

陶思稚立刻说：“有。”他说了一个星际系列电影的名字，蒋舸说：“那就看这个。”

陶思稚有些犹豫地看看手里的片单，像在抵抗诱惑，磨磨蹭蹭地把片单放下了，对蒋舸说：“我哥可能不让我看。”

“这都要管？”蒋舸说，“他又不在。”

“嗯。”陶思稚点点头，仿佛接受了蒋舸的说法，告诉自己“反正他不在”，就关了灯，打开投影，选了电影的一部前传。

这部前传蒋舸也看过，不过内容记不清了。陶思稚看了一会儿，当一个角色出场时，他突然做出了奇怪的举动，开始跟着角色念台词，语速和内容一模一样。

蒋舸感觉自己突然知道为什么陶思远不让陶思稚看这部电影了，他可能陪陶思稚看了几百遍。

陶思稚模仿的角色和他的性格有点像，蒋舸看着陶思稚说台词，伸手揉了揉陶思稚的脑袋。

陶思稚立刻抬手把蒋舸推开了，盯着屏幕，认真地说：“我在看电影。”

角色的戏份结束了，陶思稚的姿态放松了一点，就像他自己的戏份结束了一样。

电影似乎进行到了陶思稚不大感兴趣的地方，他转头看看蒋舸，突然说：“我第一次看这部电影，确定我来自瓦肯，开始学瓦肯语，为回到那里做准备。

“不过后来我哥不想再听我说瓦肯语了，就告诉了我真相。电影是地球人拍的，世界上没有那颗星球，我只是一个土生土长的地球人。”

他摸了摸自己的耳朵。

“真希望我是瓦肯族遗落在地球的一员。”他又说。

蒋舸看着陶思稚的眼睛，问他：“你做地球人不高兴吗？”

“我跟你们不一样，”陶思稚对蒋舸说，“我不正常。”

他说得很平静，语气也普通，好像在说别人的事。

蒋舸顿了少时，对陶思稚说：“你没有不正常。”

陶思稚面无表情地看看蒋舸，没说什么。

紧接着，陶思稚喜欢的角色又出现了，他又开始嘀嘀咕咕地学人家说话，就像刚才的对话没出现过一样。

蒋舸沉默地陪陶思稚看了大半部电影，屏幕上出现了男女亲热的画面。陶思稚捂住了自己的眼睛，蒋舸问他“你干什么”，他说：“我哥不让我看这段。”

蒋舸觉得成年人还不被允许看亲热画面好笑，想拉开陶思稚的手，说：“你又不是小孩，满十八岁了，有什么不能看的？”

陶思稚捂着眼睛不放，往后倒去，蒋舸被他一拽，向前把陶思稚撞倒在沙发上。陶思稚终于放下了手，抬手推蒋舸：“重。”

蒋舸按着他的手腕，坐起来，电影里的男女还在亲热。

陶思稚终于没再遮眼睛，好奇地、试探地看完了一整段剧情，老成地说：“也没什么嘛，我在别的电影里也看过的。”

蒋舸笑了，说：“别的电影你哥又让你看了？”

“他不在的，”陶思稚盯着屏幕，对蒋舸说，“我看的时候。”

他跟着瓦肯人念台词，认真地不错过后来的任何一帧画面，直到剧终，屏幕上打出演职人员的名单，陶思稚转头告诉蒋舸：“看完了。”

“嗯。”蒋舸看着他，他又突然说：“其实我哥让我最好不要跟别人一起看电影，别人容易觉得我奇怪。”

理性上来说，陶思远的说法是正确的，但蒋舸发现自己没有办法接受陶思远说的话，也不希望陶思稚产生这样的想法。

“是吗？我不觉得，”蒋舸很难控制自己，迅速地对陶思稚否认，“不奇怪，谁都有自己的看电影习惯。”

“下次我们可以再一起看，”蒋舸又说，“可以再看这部。”

陶思稚看着蒋舸的眼睛，脸上并没有感动，不过也没有拒绝，他“嗯”了一声，靠到蒋舸身旁，继续看演职员表。

他靠得很近，像茫然，但也像回应。

24

第二天一早，蒋舸碰到了陶思远。

七点多钟，睡在沙发上的蒋舸被陶思稚喊醒了，陶思稚迷迷糊糊的，眼睛还闭着，就希望蒋舸能帮他去热牛奶，他想在床上喝，还说自己不喜欢微波炉，最好用小奶锅煮。

蒋舸没什么办法，走出去，有点无奈地在陶思稚家厨房找了半天，找到了奶锅，还开手机查了查怎么用奶锅热牛奶，以及电磁炉的使用方法。

他从冰箱里拿了鲜奶，刚把奶煮好，倒进杯子里，身后突然有人说话。

“蒋舸？”

蒋舸回头看，是陶思远。陶思远衬衫很皱，西装外套搭在手臂上，看起来工作了一夜，神情疲惫不堪，脸上带着讶异。

“你昨晚在我们家？”他说。

蒋舸忽然想起来昨天陶思稚是没报备，便和他打了个招呼，说不好意思，昨晚陪陶思稚看电影，看得晚了，就住下打扰了。

陶思远“哦”了一声，马上说“没事没事，弟弟总住你们家才是打扰”，又问蒋舸：“你们昨晚看了哪部电影？”

蒋舸说了电影的名字，陶思远无奈地笑了：“我不在他果然管不住自己。”

这时候，陶思稚趿着拖鞋走过来，一边走一边发出声音：“牛奶呢？”

“暂居在陶家的瓦肯人醒了。”陶思远转身看他，嘲笑说。

陶思稚看他一眼，一言不发地从他身边绕过去，靠向蒋舸，问：“我的牛奶呢？”

“你怎么还指使客人给你热牛奶？”陶思远在门口批评他。

陶思稚回头看看他，又转头看蒋舸。蒋舸碰了碰牛奶杯，觉得有点烫，便还是放在料理台上，说：“放会儿再喝。”

这时候，蒋舸放在一边的手机振了，他妈给他打来了电话，蒋舸接起来，她妈说：“我们在来接你的路上了，十分钟就能到。”蒋舸才想起来，今年的忌辰在他爸老家办，所以今天中午就得出发。

听蒋舸说得走了，陶思稚马上露出不高兴了的表情：“啊。”

陶思远也有些惊讶：“不吃个早饭再走吗？”

蒋舸拒绝了，说家里有事，陶思稚还是有点生气地看着他。

碍于陶思远在，蒋舸不好哄他，拿了外套走出门，陶思稚也没跟他说再见。

蒋舸下了电梯，走出小区，坐进车里。

他爸嘟哝了几句，他没注意听，给陶思稚发了条消息：“我周二回来，给你带上次的蛋糕好吗？”

没等到陶思稚回复，他又听到他爸说：“月底我们就去给你办转学手续。”

蒋舸闻言，抬起头：“转学？”

“蒋舸，”他爸转头看看他，说，“爸爸妈妈也不是真的想让你在明德高考，你做错了事，总得受点惩罚。我们让你体验重点高中的学习氛围，是想让你明白自己的生活有多幸福。”

“我们在你原来的学校给你办的本来就是休学一年，”他爸说，“月底你回去上课，重新适应一下，时间上也刚好。”

“你妈说你在明德的表现很好，我看了你的成绩单，的确是不错。”他又说，“我知道你不想看到胡以追，他已经转学了，这次忌辰，爸爸也不让他去了，怎么样？”

“不怎么样。”蒋舸看着他爸，说。

他爸噎了一下，皱起眉头，他妈便道：“蒋舸，你也不想去高考吧？学科那么多内容都和你以前学的不一样……”

“我想高考。”

“你想什么想，我看你是想跟女朋友在一起，”他爸有些恼怒地说，“别以为我不知道，上次看你发短信那个表情……”

“蒋舸，”蒋舸妈妈开口，温和地说，“你要是找了女朋友，认真的，要不要我找她家长谈谈？你们一起出国也不是不可以。”

“那可得想好了，”他爸又说，“你才十九岁，以后天地大得很——”

“没找女朋友，”蒋舸没什么表情地打断了他们，“我想留在明德。”

“你觉得我会信？”他爸说，“你再跟我横，我找人到你学校二十四小时跟着你，不信找不到你女朋友。我倒要看看是什么人把我儿子迷得五迷三道，前途都不要了。”

“你说什么呢？”蒋舸妈妈喝止了他，又转身柔声劝蒋舸：“蒋舸，爸妈是为了你好，你在明德高考是不现实的，妈妈没跟你说过，你在明德学籍都没有。”

蒋舸手机振了振，他拿起来看了一眼。

陶思稚终于回复了他：“那好吧。”比了一个他的瓦肯手势。

25

周二早上，蒋舸回到了市里，先去买了陶思稚要吃的蛋糕，才回学校。

工作日的上午，买蛋糕的人不多，蒋舸没排多久，就买到了。

蛋糕换了新年包装，在奶油中心多放了一颗酒渍樱桃，看上去很可爱，但蒋舸怀疑陶思稚并不吃这个。

他提着回到寝室，只过了几分钟，陶思稚就回来了。

陶思稚手里拿着一册薄薄的书，一个人进门，见到蒋舸，又垂眼看到放在他桌上的蛋糕包装盒，立刻高兴了起来。

“栗子蛋糕。”陶思稚说。他关了门，坐到椅子上，拆开盒子，看到樱桃，果然皱了眉头：“上次没有这个。”

“那你拿掉吧。”蒋舸说。

陶思稚看看蒋舸：“你帮我拿掉。你吃吧。”

蒋舸只好帮他把樱桃吃了。

酒渍樱桃不难吃，只是口味有点奇怪，陶思稚又把沾到了樱桃酱的奶油用勺子挖出来，递给蒋舸，然后换了个勺子。

蒋舸吃了他不要的奶油，看他认真地挖蛋糕吃，看了一会儿，对他说：“我要转学了，回原来的学校。”

陶思稚没有停下吃蛋糕的手。

蒋舸顿了顿，接着说：“重上一年，再申请大学。不过我的学制是三年，和你同一年毕业，念完就回来了。”

蒋舸没说在回来的车上想好的那句“愿意和我一起去吗”，觉得陶思稚很可能会为此挣扎很久。

陶思稚不喜欢人群，不喜欢陌生的地方，连市都不愿意出，去邻市海边，要提前一年计划，所以蒋舸说：“我假期都回来陪你。”他以为陶思稚会不高兴，闹别扭，发脾气，当场走掉，但陶思稚还是在吃，一点反应都没有，好像蒋舸在说其他人的事一样。

蒋舸看着陶思稚，接着说：“不过离我去上学还有很久，我走之前多陪你，好吗？”

说完，他等待了片刻，陶思稚仍旧没有回话。

陶思稚一勺一勺挖着蛋糕，送进嘴里，每一勺的大小几乎都一样，好像吃蛋糕是他人生中最重要的事一样。

蒋舸看着陶思稚机械进食的动作，看了一会儿，还是叫了他的名字，说“陶思稚”，然后问他：“你到底在不在听？”

陶思稚拿着勺子的手顿了顿，抬头看着蒋舸，眼睛睁得很大，让蒋舸的烦躁瞬间消失了。

两个人对视了一会儿，陶思稚放下了勺子，很轻地询问蒋舸：“那你还会来给我过生日吗？”

蒋舸说“会”。

陶思稚听罢，想了一阵，又有点可怜地问：“海滨公园可以去吗？”

蒋舸对陶思稚说“可以”，陶思稚就很慢地露出了一个在蒋舸看来有点勉强的微笑，说“嗯”。

他没再继续吃蛋糕了，把手揣进外套口袋里，安静地垂下了眼，像在发呆一样。

蒋舸看了片刻，发觉陶思稚好像拿着什么东西在摸，就也伸手摸进他的口袋，摸到了他的手指，和手指正在摩擦的一个小小的纸片。

被蒋舸抓住了，陶思稚就不动了。他看看蒋舸，没精打采地垂着头。他柔软的头发碰到了蒋舸的皮肤，蒋舸抬手拍了拍陶思稚的肩膀，陶思稚又仰起脸，用一种固定的表情看着蒋舸。

蒋舸闻到他身上的栗子奶油味。

他一直保持着这个姿势，蒋舸便问他："蛋糕不吃了吗？"

陶思稚没说话，摇摇头，靠过来，过了一会儿，闷闷不乐地说："蒋舸，你真讨厌。"

他的声音很轻，带着不多的迷茫和埋怨，好像生气蒋舸要离开，又好像其实什么都不懂。

"等大学毕业，"蒋舸把想过的说给陶思稚听，"我们就租房子一起住。"

陶思稚靠着蒋舸，一动也不动，蒋舸等了一会儿，又说了一遍。

这次陶思稚接受了，说"嗯"。

蒋舸父母的效率很高，一月过半，蒋舸便回到了原来的学校上学。

办手续这天，陶思稚在有点远的地方看蒋舸。蒋舸看见陶思稚了，但陶思稚还是躲在圆柱后面，没有走过来。

蒋舸跟他妈说了一声，想走过去把陶思稚从柱子后面拉出来，但他一转头，陶思稚就不见了。

蒋舸给陶思稚打了电话，陶思稚大概没带手机，拨了几次也没接，到晚上才装模作样给蒋舸打电话，细声细气说"蒋舸，我想你了"，还有"我的钻又满了，你昨天忘记帮我抽"。

转学后，蒋舸和陶思稚待在一起的时间更少了。

蒋舸不再需要住校，他妈给他找了个家教，复习原本要考却没考的课程。杨骁收到了好几份录取通知书，每天骚扰他，约他出去玩。

过了一阵子，陶思稚放了一个短暂的寒假，蒋舸好不容易和他多待了几天。他又回去上学后，陶思稚还有了大小周末。越是见不到面，蒋舸越像中了邪似的变本加厉地想见他。

三月初，蒋舸考了一次试，笔试结束后看了看表，恰好是陶思稚的午休游戏时间，他给陶思稚打了个电话。

他一面告诉陶思稚自己考完了，一面坐上车。

考点离明德中学很近，蒋舸看着车窗外的街景，让司机停了车。下车以后，蒋舸才问陶思稚记不记得他刚到明德时，陶思稚带他翻墙出学校的地方。

陶思稚仿佛不大情愿回忆一般，勉强地“嗯”了一声。

蒋舸问他能不能走到那里，他们可以在那里见面。陶思稚安静了一会儿，拒绝了蒋舸：“我不会再靠近那里了。”

蒋舸站在街边，三月的气温还很低，路上风猎猎地吹，对面的法国梧桐树上，一片叶子都没剩下。

“别的地方呢？”蒋舸问他。

陶思稚还是没说话，过了一会儿，他不知是手误还是怎的，把蒋舸的电话挂了，蒋舸又站了一会儿，没再拨回去。

蒋舸准备让司机来带自己回家时，接到了杨骁约他打球的电话。蒋舸去了球场，换了衣服，打了半场，休息时拿起手机，看见陶思稚给自己打了五六个电话。

他抓着手机，看了片刻，回过去，陶思稚在那头悄声说：“你还没到啊？”

“我已经等了三十六分钟了。”陶思稚好像很怕被保安抓到，声音轻得不能再轻。蒋舸愣住了，陶思稚又说：“你快点来，我的手机又要没电了。”

蒋舸打车去了明德，周六下午，车堵了一路，十分钟的路程开了二十分钟才到。

他下了车，遥遥看见陶思稚穿着厚厚的校服外套，可能觉得冷，缩手缩脚站在铁栏后，垂着头发呆。

蒋舸疾步走过去，叫陶思稚的名字。陶思稚抬起脸看他，鼻尖冻得有点红，说蒋舸：“你好慢。”

说着，他拿出手机，递给蒋舸：“先帮我抽一下卡。”

“春节的卡我还一张都没有。”他忧愁地说。

蒋舸帮他抽卡的时候，碰到了陶思稚冰冷的手。蒋舸改了主意，把他的手机抽走了，拉着他的手臂，把他拉到面前，隔着铁栏，把他的手放进自己的外套口袋里，帮他把手焐热了。

“你手机我带回去了，春节卡抽齐了晚上还你。”蒋舸对陶思稚说。

“晚上啊。”陶思稚有点犹豫地看着蒋舸。

蒋舸想说晚上不行明天中午也可以，陶思稚又说：“好吧。那你晚上不要迟到了，我们要熄灯。”

蒋舸说“好”，碰了碰陶思稚像冰一样的脸颊，对陶思稚说对不起。但陶思稚只是仰着脸，像没听懂似的“啊”了一声，靠近铁栏，说：“蒋舸，要帮我抽齐。”

26

陶思稚的手机屏保是全黑的，没装几个软件。他不把软件放进文件夹归类，而是直接分门别类地排到不同的页面上。

第一页是通话和聊天软件，第二页是《流星蔷薇园》和网页，第三页是系统程序。

蒋舸帮陶思稚抽过一次中秋节卡池，上一次连上的银行卡都没登出，他花了大半个小时，把陶思稚想要的卡抽齐了，还看了看陶思稚发在论坛的帖子。

原来陶思稚已经自己抽了三次新年卡池，但一张都没有抽中。他的论坛 ID 是 Vulcan16，游戏昵称可以改，所以是 Vulcan18。

蒋舸还看了看陶思稚给其他人的回帖，发现碰到自己以前，陶思稚天天都在别人的帖下回“蹭蹭好运”和“我也想要 ×××”。

翻到两年之前，陶思稚刚开始玩，没弄清游戏玩法的时候，还问过别人“看到你抽到了两张浪漫期许，能不能送一张给我”这种无脑问题。

不过或许玩这个游戏的大多是女孩子，对待新玩家比较温柔友好，陶思稚问的人并没有因为他问的问题很蠢就口出恶言，而是回复他“对不起哦，游戏的卡片是不能转赠的，只能自己抽”。

陶思稚就回："好吧。"

蒋舸浏览陶思稚的回复，看了许久，一直到保姆敲门说晚餐做好了才放下手机。

吃过晚餐后，蒋舸妈妈帮他找的给他辅导课业的家教来了。接近九点，家教还没把试题讲完，蒋舸看了几次手表，强行要家教结束了讲课。

他走下楼，他妈在客厅看电视。蒋舸说要出去一下，她起先没说什么，蒋舸走到玄关旁，她突然说："蒋舸。"

蒋舸回头看她，她暂停了电视，问："你去找女朋友吗？"

"要不要我找她家长谈谈？"她看着蒋舸，一副认真的样子，"我看你好像很喜欢她。"

从小到大，她对蒋舸总是陪伴多过管教，几乎不会干涉他的任何决定，提到蒋舸女朋友，说话的态度也很真挚。

只是再真挚似乎也难以解决蒋舸的问题。

非要说的话，蒋舸是不想和陶思稚分开，他想留下，或者带陶思稚走。

但陶思稚没什么自理能力，不愿意离开家里，无法承受许多普通人习以为常的事情，蒋舸觉得说了她也并不会懂，便只是对她说："妈，你想多了。"而后出门，打车去了学校。

这次蒋舸在铁栏外等了陶思稚几分钟，陶思稚才鬼鬼祟祟地跑过来。

"我来了。"陶思稚挤到保洁房后面的空隙里，看着蒋舸，手穿过铁栏，问蒋舸要手机。

蒋舸抓住他的手腕，不想马上把手机给他，问他："怎么谢我？"

陶思稚呆了呆，反问："怎么谢？"

蒋舸看陶思稚一会儿，问他：“思稚，你出来好吗？”

陶思稚的表情掺入惊恐。“啊？”而后他立刻拒绝了蒋舸，“不要。”

“我接着你，”蒋舸说，“你又不是没爬过。明天一早送你回来。”

“我不想……”他使劲想抽出被蒋舸握着的手，蒋舸就松开了。

陶思稚往后退了一些，有些警惕地看着蒋舸，看了许久，又像忍不住似的，问蒋舸：“可不可以把手机给我？”

他往前了一些，手重新伸出来，抓着蒋舸的手腕，重复喊着蒋舸的名字：“蒋舸……”

蒋舸被他喊了几声，无奈地说：“陶思稚，你到底是喜欢和我聊天还是喜欢看手机？”

“蒋舸。”陶思稚的回答听上去是在说选择蒋舸，实际上更像没听到蒋舸在说什么，只是继续叫他。

“陶思稚。”蒋舸又叫了他一次，把他的手拉开了，他才像反应过来一样，看向了蒋舸。

蒋舸和他对视了一会儿，还是没控制住，对他说：“陶思稚，算我求你吧，你能不能有一次专心听我说话？”

陶思稚呆呆地看着蒋舸，过了几秒，小声地“哦”了一声，不说话，也不要手机了。

最后蒋舸还是把手机还给了他，把他抓过来，胡乱地说了几句安抚的话，在控制不住自己的烦躁之前说：“那我走了。”

陶思稚“嗯”了一声，蒋舸便转身走了。

蒋舸没回头看，走了一段路，快到弄堂转角的时候，他忽然听到身后传来重物落地的声音，又听到陶思稚在后面很轻地叫他。

他回过头，看见陶思稚已经在铁栏外面，有点笨拙地一瘸一拐朝他走过来，几乎像在追赶他。

可能是摔重了，陶思稚走得很慢，但蒋舸还愣着，一直愣到陶思稚踉跄着走到他面前。

“蒋舸，”陶思稚不高兴地抱怨，“你走得太快了。”

“说接我也不接，”他说，“叫你也好像没有听到。”

陶思稚不高兴的时候脸鼓鼓的，好像蒋舸做了什么很不对的事。

蒋舸拉了他一下，把他带过来，闻到他身上很清淡的香气。今天他没在室外等待很久，因此手腕是温热的。

“我们到哪里去？”陶思稚被蒋舸拉过来，声音有些闷闷的，控诉蒋舸，“蒋舸，你把我拽疼了。”

这时候，学校的熄灯音乐响起来了。

蒋舸看着陶思稚，确定自己把陶思稚骗出来了，而且陶思稚回不去了，才发现他们除了家哪儿都去不了。

“蒋舸，”陶思稚又好像有点焦虑地问他，“我们到哪里去，你有计划吧？”

陶思稚仰着头看蒋舸，他信赖而紧张的眼神，让蒋舸觉得如果承认自己根本没有计划，下一秒就该直接在这里自裁谢罪。

“有，”蒋舸硬着头皮说，“回我家。”

“哦，”陶思稚松了一口气，说，“你家可以。”

“几点从你家出发呢？”他又问，“我不想再坐地铁了。”

“我约六点的专车。”蒋舸说。

陶思稚满意了，“嗯”了一声，说：“走吧。”

蒋舸开门进屋的时候，客厅已经没人了，他带陶思稚回了自己的房间，又在陶思稚的指使下，去客卧把陶思稚的睡衣和专用枕头拿来了。

陶思稚洗了澡，换好睡衣，躺到床上。这次他没有乱动，只是在黑暗里侧过来，看向了沙发上的蒋舸。

“蒋舸，”他看着蒋舸，说，“你明天先翻到墙那头去接住我，再翻出来。”

蒋舸说好，他又告诉蒋舸：“我今天摔到膝盖了，有点痛。”

蒋舸重新开了盏灯，看陶思稚的膝盖。

陶思稚摔得有些重，膝盖磕青了一块。他屈着腿坐起来，头微微斜着看蒋舸，伸手轻轻摸了一下蒋舸的头发。

蒋舸垂下眼，很轻地碰了碰陶思稚磕青的地方，问陶思稚：“你不是不想出来吗，怎么又出来了？”

陶思稚看着他，怔了一会儿，抱着膝盖，像听到一个他完全无法理解，更无法回答的问题一样，想得出了神。

蒋舸等了少时，又重新把灯关了，拉着陶思稚的手肘，让他躺下来，对他承诺：“以后不会勉强你了。”

陶思稚还是没有马上回答，他沉默着，像在非常努力地思考，最后却说：“对不起，蒋舸，我有点麻烦。”

蒋舸觉得自己对陶思稚一点办法都没有，只好接受陶思稚的依赖或许就是这样时多时少的。

因为可能陶思稚的少，也已经是他能给的全部，也都被蒋舸占有了。

27

三月份过得很快。

或许是因为陶思稚高考将近，陶思远压缩了工作时间，在陶思稚放假的夜晚，他不再去加班了，尽量在家陪伴陶弟弟。

蒋舸和陶思稚见面的次数也因此变得很少，大多数的见面隔着明德的铁栏，在中午或者傍晚。

月中时，张东匀保送成功了，结束了文化课，只偶尔到学校听些专设讲座，寝室里只剩陶思稚。

陶思稚独占一间房。

蒋舸给陶思稚打视频电话，陶思稚不会漏接，但在通话过程中，他总是偷偷打开游戏，沉浸在日常任务里，给蒋舸看五分钟他面无表情的脸。蒋舸叫他，他有时有反应，有时候却没有。次数多了，蒋舸多少还是会不高兴，加重语气叫他："陶思稚。"

这种时候陶思稚是能意识到错误的，他听蒋舸这么说话，会立刻关掉游戏，重新打开视频，讨好地向蒋舸笑。

"蒋舸，"他会说，"你重要。"

一般到这里，蒋舸就不再跟他计较了。

也有少数时候，蒋舸脸色还是不好看，他就对蒋舸说一些奇怪又颠三倒四的话。

比如“想”和“在意”，或者干脆一直叫蒋舸的名字，主动问蒋舸明天要不要见面，直到蒋舸回答他的问题。

在约好的时间到铁栏边和蒋舸见面时，陶思稚倒不是每一次都会带手机。

前一天惹蒋舸不高兴，陶思稚就率先将手伸出铁栏，拉蒋舸的手腕；要是蒋舸笑了，陶思稚会把脸靠近铁栏，讨好地问蒋舸一些没什么逻辑的生活问题，就像只要蒋舸回答一句，生气这件事就彻底过去了一样。

虽说陶思稚不常能理解别人的想法，至少在这件事上，他的判断是对的。等到蒋舸原谅了他，陶思稚就会得意又莫名其妙地对蒋舸说“蒋舸，你真是的”，像从哪部情感电影里学来的台词。

有时蒋舸看着陶思稚这副样子，会在心里不断生出对陶思稚来说很糟糕的念头。

他设想陶思稚被迫和他一起去上学，和他念同一所学校，住同一间公寓。

陶思稚在异国街头将脸埋在毛茸茸的围巾里，需要蒋舸陪他熟悉城市的每一条巷弄，可能最后也会习惯每天早晨醒来，坐蒋舸的车去上学和买香草冰激凌，今年做明年的旅游攻略，明年做后年的。

蒋舸不断地想，如果他问陶思稚，陶思稚会答应吗？

但设想结束后，蒋舸便强迫自己转移注意力。

四月中旬，蒋舸又和父母回了一次父亲的老家，过清明节。

这次蒋舸的爸爸还是把胡以追带去了，但没让蒋舸和他见面，只是在众人扫完墓后，单独带胡以追去扫了一次。

可能是担心蒋舸生气，蒋舸的妈妈对蒋舸说话小心翼翼的，但由于蒋舸本身对父亲的行为没太多期待，便也不觉得胡以追来扫墓算什么大事。

比起胡以追，蒋舸更关心今晚高三动员晚会的抽奖情况。

毕竟陶思稚从生日开始，就在为自己的晚会中奖做准备，最近还每天都要猜测一番奖品的内容。

饭后，蒋舸陪母亲在客厅坐了一会儿，回到房间，发现陶思稚几分钟前给他发来了一条短信："抽到了别人。"

蒋舸被逗笑了，给陶思稚回电话过去，对方却占线，他等了一会儿才接通。

"蒋舸，"陶思稚一接起来，就告诉他，"噩耗，我哥明天出差，派他的下属来带我了；喜讯，你可以来接我去书店了。"

"还可以陪我看电影，"他高兴地说，"我哥不在，我又可以看我想看的电影了。"

蒋舸问他："你不是怕他管吗？"

"他又不在。"陶思稚理直气壮地说，让蒋舸觉得他学坏很快。

蒋舸想了想，对陶思稚说："我来接你吧，让你哥的下属别来了。"

"但是你午饭之后出发，是来不及接我的。"陶思稚说。

蒋舸顿了顿，说："你昨天在听啊。"他还以为昨天和陶思稚通话时，陶思稚并没有在听他说话。

陶思稚"嗯"了一声，忽然说："而且我查过了，导航显示从你现在所在地到明德，驾车需要四小时五十六分钟，傍晚还会堵车。"

蒋舸不知怎的，愣了几秒，才对陶思稚说："我会早点出发。"

"哦，"陶思稚顺从地说，"好的。"没叮嘱蒋舸不要迟到。

第二天一早，蒋舸说要先走。

他爸大概误会他是因为胡以追而不高兴，因此没责备他，便点了头。

蒋舸在下午五点钟到了明德门口，站在树下等着，等放学人群散得差不多了，陶思稚就走出来了。

陶思稚一个人，背着书包，右手拽着书包肩带垂下来的带子，走路时眼睛无神，步速时快时慢，看起来有些怪异。

他很瘦，所以宽松的冬季校服大大地套在他身上，他还戴了一顶新的黑色毛线帽，可能是家里人买给他的，因为他怕冷。

蒋舸叫了陶思稚一声，陶思稚脚步顿了顿，看向蒋舸，没有表情的脸上有了一点笑意。他张张嘴，说了很轻的两个字，蒋舸没听见声音，但知道陶思稚在叫自己的名字。

陶思稚走到了蒋舸旁边，用喜悦的语气和蒋舸分享：“好消息，昨天抽到奖的人，把大奖转让给我了。”

“奖品是什么？”蒋舸把他的书包拿下来，拎在手里。

陶思稚靠近蒋舸，神秘又高兴地说：“接下来的两个月，每晚都在教师办公室晚自习。”

蒋舸差点要笑，不过忍住了，他给陶思稚打开车门，让司机往陶思稚家里开。

陶思稚一打开家门，就跑到客厅，把投影打开了。

蒋舸把他的书包放在一旁，走过去，看他选电影，问他：“你多久没看这系列的电影了？”

“半年，”陶思稚珍惜地说，“我每年只有四次看这部电影的机会，在做完季度电影总结文本之后。”

“你做总结文本干什么？”蒋舸问他。

他没说话，选好了电影，走过去关了灯，又回到蒋舸身边，和蒋舸一起窝在沙发里看电影。

客厅的窗帘拉得严实，除了投影，房里没有光源。

陶思稚脱了外套，靠在蒋舸身旁。

看了片刻，在陶思稚喜爱的主角戏份结束后，蒋舸在黑暗里转过头，看着他认真的脸，没有忍住，问了他："思稚，你有没有想过换个地方上学？"

陶思稚盯着屏幕，像一台老旧的、运行很慢的电脑，过了一会儿，疑惑地"啊"了一声，反问蒋舸："去哪里？"

"我觉得明德是本市最好的学校，"他终于看向蒋舸，吞吞吐吐地说，"不想换。"

"大学呢？"蒋舸问他。

"我上U大，"陶思稚笃定地说，"学计算机语言。"

"我已经研究过很多U大学生在网络上发表的帖子，包括住宿、饮食，"他颇有些得意，只不过电影里他的瓦肯人再次出现，他安静下来，过了五分钟，剧情告一段落，他才接着说，"这是一个很适合我的学校。"

"不考虑出市吗？"蒋舸平静地问他，"比如伦敦。"

陶思稚看了蒋舸一眼，嘴唇动了动，回过头去看着屏幕，装作什么都没听见的样子。

出于以往的经验，蒋舸知道陶思稚不会再回答了。

陶思稚嘟嘟哝哝地跟着瓦肯人念台词。

蒋舸觉得压抑、头脑发热，了解陶思稚并不愿意，却想执意追问，他只是不明白，为什么陶思稚依赖自己，却没有考虑过做出任何一点退让。

永远似是而非，只顾自己，又让蒋舸无法狠下一点心，以装作离开威胁。

因为蒋舸知道陶思稚会为此非常、非常困扰，陶思稚无法处理这样的社交困境，最后难受的仍然只有蒋舸自己。

电影结束后，陶思稚靠过来讨好蒋舸，蒋舸抬手挡了挡陶思稚靠过来的肩膀，没好气地说：“干什么？我要走了。”

陶思稚愣了一下，忽然伸手捂住了蒋舸的嘴。

他的手心温热，不太懂得控制力气，牢牢捂在蒋舸脸上。蒋舸下意识地扣住了陶思稚的手臂，把他拉开了，但陶思稚扭着滑脱了，重新捂了上来。

两人动作太大，不小心把茶几上的水杯撞了下去，水洒了一地，陶思稚像没看见，执拗地凑近蒋舸说“乖”“蒋舸，你乖一点”“乖”。

蒋舸愣了愣，一开始不知道陶思稚为什么这么做，而后立即想起在很久以前，他在电影院里这样对待过乱动想走的不安分的陶思稚。

陶思稚在他耳边说“乖”，语气怪怪的，如同在还原场景。

他大概觉得这样是有用的，可以让蒋舸安静下来不再说离开，因为这对他有用。

蒋舸想陶思稚实在是过于不懂得如何跟人相处了，所有的动作都在模仿，几乎没有自发行为的能力。

总是努力地把自己隐藏在人群里，又总是失败。

蒋舸可能真的没办法把他从S市带走，也不该去尝试，不应该问。

陶思稚想要待在自己感到舒适的地方，不愿意改变，那么就不要变了。没有人是和其他人完全相同的，蒋舸只想他开心，也想他不要再受伤害。

过了一会儿，陶思稚松开了手，他拍了拍蒋舸的肩膀，对蒋舸说“你说假期会回来的”。

“嗯，”蒋舸说，“只要有假期，我都回来。”

“你有很多朋友，”陶思稚又忽然说，“很多朋友要见，蒋舸。”

蒋舸的心软了软，对陶思稚做出承诺：“我只陪你。”

陶思稚又想吃便利店的冰激凌，又不想出门，蒋舸下楼给他买。

他爱吃的冰激凌很容易化，蒋舸回到他家，甜筒上的冰激凌已经摇摇欲坠。蒋舸拿着冰激凌，走进客厅，发现陶思稚已经在沙发上睡着了。

陶思稚蜷起来，在沙发上显得瘦小，蒋舸靠近他，闻见他身上干净的皂香。

蒋舸很轻地叫了陶思稚一声，陶思稚醒过来，迷迷糊糊地吃掉化了大半的冰激凌，往蒋舸背上趴，说：“蒋舸，我要回房间睡觉。”

陶思稚很瘦，但到底也是成年男性，沉甸甸地压在蒋舸背上。

蒋舸背着他，走进他的卧室，把他放在床上，陶思稚又改了主意，拿出手机，开始做日常，蒋舸坐在他的椅子上看他。

做着做着，陶思稚头又点了起来，最后靠着手机闭上了眼睛。

蒋舸哭笑不得地把陶思稚的手机屏幕锁上，放到一旁，想到客厅的一片狼藉，便走出去清理。

他把地板上的水弄干了，忽然看见茶几上陶思稚哥哥给他留的字条上写着“这周不许看电影单之外的电影了”，觉得这家人的行为有些离奇和好笑，便顺手拿起陶思稚的电影单，看了一眼，又把单子翻过来，忽然看到了单子另一面上印着的字。

“华东自闭谱系干预服务中心”。左下角签名栏签着“李纯”。

蒋舸前阵子见过一个叫作李纯的人，是他妈新的慈善项目的专业顾问。

她受蒋舸妈妈的邀请，来家里做客，蒋舸和她打了个照面，是个面目和善的中年女人。

蒋舸的妈妈叫她李老师。

蒋舸拿着电影单，在陶思稚家客厅里站了一会儿，又放回茶几上，走回陶思稚的房间。

关门的时候，蒋舸没控制好力度，弄出了点声音，陶思稚醒了，迷糊地叫他的名字。

蒋舸走过去，俯身看着陶思稚的脸。

“蒋舸。”陶思稚抓住了蒋舸的手臂，双手握住了。

陶思稚的手很软，和普通人并没有区别，声音和表情也是，而如果说性格，人类本来就没有谁和谁是完全相同的。陶思稚不过比其余人更钟情于S市，更喜欢计划、喜欢规律；他会策划旅游，喜欢看电影，智商高，学习很好，也懂得承诺。

“蒋舸，”陶思稚又闭上了眼，细声细气告诉蒋舸，“关于旅游，我制订了一个新计划。

“你知道吗？海滨公园旁边，有一个和陆地以沙洲相连的小岛。”

“退潮的时候，沙洲露出来，”他将脸埋在蒋舸手中，说话的声音越来越模糊，“我们一起走过去。”

蒋舸看着他，“嗯”了一声。

陶思稚没接着说，他又睡着了。

28

这晚蒋舸没怎么睡着，不过陶思稚睡得很香。

蒋舸开了一盏床头灯，陶思稚的睫毛柔软地贴在面颊上，他的嘴唇原本是粉色的，有一颗很小的唇珠，下巴很尖，一只手垂在身侧，另一只搭在被子上。

蒋舸坐在床边，动了动，陶思稚似乎在睡梦中察觉到，也稍稍动了动，在蒋舸身边重新找了个位置，仿佛已经习惯在蒋舸身边，与刚认识时在蒋舸床上放打印版睡觉养生手册的陶思稚已截然不同。

蒋舸还记得陶思稚第一次去他家，自己心情很差。他妈非要他送陶思稚回家，他故意走得很快。

陶思稚默不作声跟在蒋舸身后，就像被人冷落是他的生活常态。

隔了一天在食堂碰到蒋舸，陶思稚突然对他挥手。叫陶思稚“小偷”的人笑了，而像陶思稚认识的所有人一样，蒋舸没有回应他，他就把手放下。

陶思稚说蒋舸对他很好，其实不是真的。蒋舸对陶思稚并不是很好，最早时常嘲笑他，强迫他出门旅行，把他忘在书店，带他去人多的地方，然后甩开他的手。

因为觉得陶思稚什么也不懂，不会生气、不会反抗，所以蒋舸随便地、并不珍惜地对待他，时常发脾气，算不上什么很好的朋友。

蒋舸的妈妈谈及陶思稚时总是充满慈爱，希望蒋舸能和陶思稚交朋友。如果知道蒋舸和陶思稚原原本本的交流过程，知晓蒋舸的威胁与利用，蒋舸大概会变成她慈善人生的奇耻大辱。

天蒙蒙亮的时候，蒋舸起来了。他走到床边，轻手轻脚地把陶思稚露出的手臂放进被子里，陶思稚翻了个身，继续睡了。

蒋舸又看了陶思稚片刻，下了趟楼，把该扔的垃圾都扔了，买了早餐上楼。

他回到楼上，电梯门打开的时候，看到陶思稚穿着睡衣和拖鞋，一动不动地站在家门口。

陶思稚看着蒋舸，慢慢朝蒋舸走过来，走到蒋舸面前，说："蒋舸。"露出了一个蒋舸曾觉得不太对劲，却十分可爱的笑容。

蒋舸也朝他笑了笑。

回到陶思稚家里，陶思稚吃了早餐，坐到沙发上，要蒋舸陪他看一部片单上的电影。

"我哥昨天给我发短信，说回来要考我影片内容。"他说着，打开了一部讲宠物的电影，还调成了1.5倍速。

蒋舸陪他看了一会儿，发现陶思稚明显对影片没什么兴趣，只看了没几分钟，眼睛就开始乱看，一直走神，最后自顾自拿出手机玩起了游戏。

他仔细地做完日常，又到游戏论坛看别人的帖子，研究其他人的卡有没有自己的全，刷论坛一直刷到电影播完。

片尾字幕放了一会儿，陶思稚忽然反应过来，抬头问蒋舸："你看了吗？"

“看了。”蒋舸说。

“电影讲了什么？”他问蒋舸。

蒋舸把大致内容说了一遍，陶思稚看上去似乎没怎么听懂，不过没有提问，“哦”了一声。

近中午时，陶思远给陶思稚打了个电话。

陶思稚又在玩游戏，一接起电话就熟练地开了声音外放，然后重新切回了游戏，让蒋舸感同身受地想到了给他打视频电话的自己。

陶思远问陶思稚：“没看什么不该看的电影吧？”

陶思稚不说话。

陶思远静了一会儿，没等到回应，清清嗓子，又说：“规定你看的看了吗？”

“看了。”陶思稚说。

“是吗？”陶思远好像不是很信，道，“别骗我啊，你看没看我能知道的。”

“哦，”陶思稚顿了顿，突然补充，“我是1.5倍速看的，但是看完了。”

“……好吧，”陶思远说，“不懂的问题写下来了吗？”

陶思稚“啊”了一声，陶思远就说：“那就是没写。现在写下来，我回家检查，这是最后一部了，写认真点，我今晚还要连一至四月的资料一起发给李老师的。”

“哦。”陶思稚答应。

“对了，”陶思远想起来似的，问陶思稚，“蒋舸还在我们家吗？”

“在的。”

“你让他接一下电话。”

陶思稚看了蒋舸一眼，说：“哦。”

蒋舸开口问好，陶思远有点不好意思地说：“蒋舸，我今天得傍晚才能回来，能不能麻烦你帮忙把弟弟送去学校？”

蒋舸说可以，陶思远便连连道谢，而后说了再见。

去学校的路上，陶思稚又想买蛋糕，但蛋糕店没有开，陶思稚不是很高兴，蒋舸便和他约好明天中午在铁栏见，给他送过去。

蒋舸晚上也有家教课，十点课程结束了，他送老师下楼后，坐在一旁的单人沙发上，陪他妈一起坐了一会儿。

他妈随口问了问陶思稚的情况，蒋舸答了，而后若无其事地问她：“妈，你上次请到家的李纯，是不是陶思稚的干预师？”

他妈立刻呆了一下，张了张嘴，没说话，转过了头，有些不自然地看了几分钟电视，才问蒋舸：“思稚自己告诉你的？”

蒋舸“嗯”了一声，她微微皱着眉头。“他照理不应该说的，”她又说，“可能很信任你吧。”

“是吗？”蒋舸看着她，说。

“他是高功能的自闭，通过干预以后，行为特征并不是很明显。”蒋舸的妈妈向蒋舸解释，“他家人不希望同学戴有色眼镜看他，所以他被教育不要和人提起这些。”

蒋舸没说话，她又说：“思稚小的时候很可怜，你记不记得他生日那次，他爸爸提起的那个同学？小陶告诉我，幼儿园的时候，思稚的异样不是很明显，只是有点孤僻，注意力不集中，他们没有发现他的问题。上了小学碰到的不太好的老师，因为他喜欢四处走动，不愿意坐在固定的位置，也不太听讲，就把他绑在教室的椅子上。同学也都嘲笑他，他的状况才变得越来越坏。”

“好不容易交到的那个朋友，也不是真心对待他。”她说，“小朋友没有好的人教，哪有那么正确的是非观呢？骗他说愿意去他生日会又不去，在背后叫他小偷，因为小偷才会被人绑住手。

“我没跟你说也是不想你对他有别的看法，像他这样的高功能的自闭谱系是有很多成功融入社会的例子的。你也不要因为这个对他不一样，陶思稚交朋友很不容易，你认识他也算是缘分。”

蒋舸低声答“好”，她没说什么，又重新转回去看电视了。

过了一会儿，她或许是想转移话题，问蒋舸：“你在明德的女朋友怎么样了？就不能给我看看照片吗？妈妈又不是什么传统的人。”

蒋舸想了想，对他妈说：“妈，我没女朋友，你想太多了。”

他妈笑了：“什么啊，那你干吗对明德这么恋恋不舍？你爸我不敢说，妈妈可是很开明的。”

这时候，蒋舸的手机毫无预兆地振了起来，他忽然生出一种不祥的预感，他拿起来看了一眼，是一个他想不到的人的名字。

蒋舸顿了顿，接了起来。

“蒋舸，我是陶思远，”陶思远的声音仿佛从喉咙里发出，低得令人不适，他对蒋舸说，“我在客厅的监控里看到了一些东西，你方不方便现在出来跟我见个面？”

29

陶思远出了趟差，累得头痛，回到家，叫了份外卖吃了，在沙发上躺了一会儿，又打起精神，去书房开电脑，整理要发给干预师的资料。

资料分视频和文字记录两部分：视频需要陶思远剪辑，主要是弟弟的一些日常活动和看电影时的反馈；文字则是弟弟和他两人的文本组合。

陶思远先整理文本，他打开陶思稚的电影问题记录本，把弟弟这周新看的电影的问题记录扫描进电脑，顺便看了一眼，发现弟弟的问题似乎不是他能提出来的，怀疑弟弟看电影又走神，让蒋舸帮忙作弊了。陶思远迟疑着，在扫描文件里备注了一条“疑似非本人提出”。

弟弟能和蒋舸交朋友，陶思远时常感到很意外，毕竟蒋舸看上去是那类脾气不算好的大少爷，也不像什么太有爱心的人。

按照陶思稚的性格，极有可能在日常生活中不断地做出得罪蒋舸的行为，蒋舸没和陶思稚计较，已经很不容易。

陶思远到现在也不清楚蒋舸为什么愿意对他弟弟这么好，是真心帮扶，还是蒋太太教育的。但陶思稚能交到朋友，对他来说是一件大好事。

陶思远一面想着，一面打开了储存在电脑里的监控视频。

今年他升了职，工作更忙，整整四个月的视频都没整理，不过弟弟高三下学期开始分大小礼拜放假，真正需要整理的只有为数不多的十几个周末的监控录像，工作量算不上很大。

陶思远看了看上次给干预师发送的内容，从十二月下旬起，挑出了弟弟回家日子的视频，一面用倍速播放找需要的片段，一面打开手机，看自己的日程表。

12 月 31 日这天他被上司叫去加班，提早带弟弟去了通宵书店，书店里人太多，弟弟很不高兴。

去了公司后，陶思远整整核对了一夜的投资账目。他依稀记得蒋舸好像来他家了，第二天他回家，看到蒋舸在厨房给弟弟煮牛奶，吃了一惊。

他抬起头，傍晚六点，视频上什么人都没有，心不在焉地将视频加速了，八点左右，他把弟弟送回了家，就出门了。

弟弟起先蜷着腿，用他惯用的姿势坐在沙发上玩手机，头歪歪地靠在大靠垫上，看起来有些好笑。

陶思远刚把时间记下来，准备一会儿剪，抬头看见弟弟站起来，拿着手机走向了门口，他以为弟弟是去给蒋舸开门，但好一阵子都没回来。

可能跑门口便利店吃冰激凌去了，陶思远想着，又将进度条往后拖了拖，等了片刻，弟弟便和蒋舸一起回来了。

两人不知说了什么，一副关系不错的模样，弟弟还走到墙边，踮着脚拿水杯，大概是要给蒋舸倒水喝。

陶思远暗暗有些高兴地想，弟弟的社交能力着实有些进步，都知道给客人倒水了，就是这件上衣好像短了点，在屋内还好，到屋外一抬手，肯定有点冷。

然后他看见蒋舸很慢地从后面靠近他弟弟，伸手按住了他弟弟的腰。

弟弟转过身来，他没看见弟弟的表情，只感觉弟弟伸手搭在蒋舸肩膀上，似乎想把蒋舸推开。

但是蒋舸的力气比他弟弟大太多了，背对着监控，蒋舸将弟弟手里的杯子拿走了，放在一旁。

陶思远想把视频的倍速关了，但手忽然冰得无法动弹，僵硬地看着屏幕，看他们坐回沙发上。

他的弟弟面无表情地摁着遥控，好像还不知道发生了什么，一定是选了一部他爱看的片子，嘟哝着台词，还偶尔做手势，蒋舸一直看着他弟弟，用陶思远觉得怪异的眼神。

又看了一阵电影，两人说了些话，大概看到了陶思远不让弟弟看的部分，弟弟捂住了眼睛，蒋舸露出了很随便的笑容，拉扯陶思稚的手，把他的手拉开了。

陶思稚挣扎起来，蒋舸把他推倒在沙发上，茶几上放着的摆设遮住了大部分的陶思稚，只能看到他们在动。

陶思远的大脑和心都像被刀在割，他觉得他弟弟在挣扎，但他什么都做不了。

陶思远没关掉视频，他难以呼吸，视线变得模糊，张开嘴用力喘气，发出了嗞嗞的声音，最后发现自己在哭。

陶思远看完了监控，在这个家里，蒋舸伤害了他弟弟两次，另一次在昨晚。

他们又看了一次电影，蒋舸和他弟弟聊天，他弟弟的表情一直不开心，到了影片的结尾，弟弟凑过去和蒋舸说话，蒋舸不知说了什么，他弟弟生气地捂住了蒋舸的嘴。

陶思稚很少会这样生气，两人便扭打了起来，又扭打到陶思远看不见的角度。

最后陶思稚像是被蒋舸强制着安静了，而后蒋舸出门买了他弟弟爱吃的冰激凌回家，把他弟弟背回房间，仿佛一种世界上最简易的道歉与交换。

在卧室里的事陶思远无法看到，但过了几个小时，蒋舸走出来，清理了客厅，又回了他弟弟的房间。

陶思远在电脑前坐到了大约晚上九点，开车去了明德。

他似乎超了几次速，车载导航提醒了他，他听到了，但信息没有进入脑子里，也没能让他减速。他想或许陶思稚的世界一直就是这样，听见但是不懂。陶思远又没有照顾好他，才给了蒋舸可乘之机。

停到明德校门口，陶思远和弟弟的班主任通了个电话，门卫把他放进去，他走到弟弟班级附近，下自习的音乐声响了。学生们从教室里蜂拥而出，陶思远站着，等了一会儿，人快走空的时候，陶思稚终于出来了。

陶思稚走路很慢，手揣在兜里，孤独地、晃晃悠悠地往楼道的方向走。他还是和小时候一样，很瘦，不高，在陶思远心里是一个永远长不大的小孩子。

弟弟和别人不一样，很麻烦，或许终身都要接受干预，离不开家人，但他是陶思远和父母最宝贝的弟弟。

走到楼梯边，像有心灵感应似的，陶思稚忽然抬眼，看到了陶思远。

他朝陶思远走过来，站在陶思远面前，有点好奇地看着他。

“弟弟。”陶思远看着弟弟。

他弟弟眼睛很大，眼神很天真，什么都不懂，可能交到了不好的朋友，都只知道对方给他带了冰激凌。

小时候邀请对方来生日会，长大后邀请对方回家。

楼梯的灯光昏黄，四周已经一个人都没有了。四月里混合热和冷的空气，缓缓地在走廊流淌。

陶思远想问他“昨天蒋舸对你做了什么”，却问不出口。

或许是见陶思远不说话，陶思稚说：“我要回寝室洗澡了，再见。”他转身想走。

“等等。”陶思远情急之下，伸手抓了一下他的手臂。

陶思稚立刻露出了有些惊恐的表情。

其实陶思远只是想抱抱弟弟，但或许是动作太突然了，陶思稚挣扎了起来，推了他一下，想从他怀里挣脱出去。

陶思远松开手，陶思稚往后跳了一步，好像又想走。

“陶思稚。”陶思远叫他一声。

他回头，看了陶思远一眼，不过没靠近陶思远，仿佛怕陶思远又要抱他。

“我问你，你和蒋舸，”陶思远困难地挑选着词语，问弟弟，“他有没有强迫你做你不想做的事？”

“啊，”陶思稚看着他，回忆了一会儿，说，“那些有交换的，是符合社交规则的。”

他又看看手表，急匆匆地说：“再见！”而后便掉头走了。

陶思远不知自己是怎么回到车里的，他给自己认识的一个律师打了电话，询问了一些信息。对方不是很清楚情况，因此回答有些保守。

挂了电话，陶思远把额头抵在方向盘上，发了会儿呆，又给蒋舸打了电话。

蒋舸答应得很快，陶思远把车开到蒋舸家大门口，蒋舸已经站在一旁等。

陶思远按下车窗，让蒋舸上车，蒋舸便坐了进来。

蒋舸非常高，比陶思远还要高大半个头，穿着运动服，在轿车暗淡的氛围灯里，看上去很高傲，也很冷漠。

他没系安全带，陶思远也没往前开，说“过去的事我可以暂时不追究，请你以后不要和我弟弟见面了”。

两人在车里坐着，蒋舸沉默了片刻，说：“不行。

“我答应过陶思稚，我们一直在一起。”

陶思远愣了愣，看了蒋舸几秒，不禁笑了。

30

陶思远往前开了一小段路，熄了火，停在道路上两盏高高的路灯中间。

昏暗的光遥遥从前后照过来，蒋舸闻到车里若有似无的香草气味，大概是专门为陶思稚挑选的汽车香氛。

陶思远看着车窗外，摘下眼镜，低头揉了揉眉心，低声对蒋舸说：“蒋舸，我看过监控了。”

“我咨询了律师，要告你不是不行，”他说，“但是陶思稚得出庭，我不想让他出庭。”

蒋舸没有回答他，他又叫了蒋舸一声，接着说：“你倒是很会骗自闭症患者。”

陶思远转过脸来，面对蒋舸，说：“我看到你昨天进门，给他买了冰激凌，他很爱吃这个。

“他小时候不愿意上学，我们出门的时候给他买一个，回来再买一个，他才愿意上课。不过他肠胃不好，连着吃冰激凌会吐，后来我们就禁止他每天吃了，被我们气得罢了半天的课。

“你天天一来就带他去吃冰激凌，陶思稚一定觉得你很好吧。你对他真好，是不是？”

陶思远说话时面无表情，或许因为没戴眼镜，眼神有些失焦，他的语气不算强烈，但问句中侮辱的意味多过疑惑。

他对蒋舸说："你是怎么和陶思稚沟通的，能教教我吗？你的经验可以写进自闭症的干预教材了。"

"哦，对了，陶思稚有自闭症，"他像刚想起来似的，问蒋舸，"你知道吧？"

蒋舸看了他一会儿，他还是没看蒋舸。蒋舸对他说"知道"。

"你妈什么时候告诉你的？"他问。

"她没告诉我，"蒋舸否认了，尽管清楚陶思远很可能不会相信，还是告诉他，"我昨晚在客厅看到电影单背面的落款，写着自闭谱系干预中心，才猜到的。"

陶思远顿了片刻，说："哦，以前是不知情的，前几天才知道。我问过他了，他说你们有交换的，符合社交规则，蒋舸，真有你的。你这么严谨，不会不知道他有自闭症，还把他同意各种交换要求的视频录下来了吧？"

他的声音没有变大，不过情绪变得很激烈，说话也越发不理智了起来。

蒋舸难以言明自己的心情，感到胸腔燥热，无端想到昨晚握住他的陶思稚柔软的手心，说要跟他去沙洲，还有再之前陶思稚捂着他的嘴说"乖一点"，觉得心变得很痛，但是无从辩解，简单说"我没录过"，车里又安静了。

"我高中的时候，陶思稚被同学欺负。我们去旅游，跟着旅行团去拜佛，我捐了香火钱，跟菩萨祈祷陶思稚有一天能交到真正的好朋友，慢慢融入这个社会，尽管社会对他并不怎么样。"陶思远突然对他笑笑，“菩萨这么多年不显灵，没想到最后让他交到你这种——把他当成傻瓜来骗的‘朋友’。”

他把“朋友”两个字咬得很重，像在嘲笑蒋舸的伪善。

“不管你信不信，我和陶思稚交朋友，没有过一点恶意，你理解的交换要求是错的。”说到这里，蒋舸觉得好像很难控制住自己，告诉陶思远，“我不管你怎么定义‘朋友’，陶思稚自己说他很喜欢我这个朋友——说他很喜欢我，我们会一直在一起。”

“你觉得他懂自己在说什么吗？”陶思远问他。

“是你觉得他不懂。他会为我破例。我们计划了很多事，打算出去旅游，所以我们——”蒋舸说到这里，发现似乎比起说服陶思远，他更想说服的好像是自己。

“我不是你说的那样，”他又对陶思远说，“把陶思稚当傻瓜骗。我根本不觉得他和其他人有什么不一样。如果有不同，他只会比别人更好。我对他和他对我一样认真。”

陶思远沉默许久，按下车窗，点了一根香烟。

烟草的焦味在车厢里蔓延开来，他抽了半根，对蒋舸说：“是吗？你觉得他跟你一样吗？”

“你和他认识才几天，”他问蒋舸，“你今年才几岁，你要出国吧？为什么转学，不是和同学打架转的吗？你性格稳定吗？对他能有多认真？你能认真多久？”

蒋舸看着陶思远，什么都没说。陶思远手里的火点袅袅冒着烟，他没有再抽，看着蒋舸，眼睛发红。

“陶思稚能为你破什么例？他连地铁都坐不了，”他对蒋舸说，“没法哪怕像个小学生一样去游乐场排队。到晚上八点全是人的通宵书店门口，掉头就走。便利店里人多一点，他站到人少了才愿意进去。一部系列电影从十岁开始看，看了几百遍，我都想把屏幕砸了，他还在念电影台词。

“陶思稚一辈子都会是这样，你对他再认真，他永远都是这样。你说什么他都听不进去，永远上一秒在听，下一秒又走神了，他永远感受不到你的情绪。你今天高兴、累、烦躁、崩溃，你有事他都永远不懂、不知道，他把你当朋友，他就依赖你，每天都跟着你，离不开你的指导，你能接受吗？还能对他认真吗？你这辈子就没有自己的生活了。陶思稚好糊弄，你觉得我也好糊弄吗？”

陶思远的香烟烧到了底，他打开车里的烟灰盒，把烟头扔进去，合上盒子的时候，陶思远很用力，发出了很大的响声，像即将落下的雷雨。

“蒋舸，”他对蒋舸说，“陶思稚跟你不同。

“你对他来说和他爱吃的东西，以及他的游戏卡片、论坛帖子、书店、作业没有任何区别。你懂吗？

“我不希望我弟弟再受伤害了，你放过他吧。”

蒋舸没有回答陶思远的话。过了几秒钟，陶思远突然拿起放在一旁的手机，拨了电话，外放声音。

屏幕上联系人的名字是“弟弟”。

响了两声，陶思稚就接起来了，他用气声说：“喂。”

“学校已经熄灯了。”他补充。

“你在干什么？”陶思远问他。

“玩游戏。”

“我现在和蒋舸在一起。”

陶思稚没有提问，他说“哦”，然后突然叫蒋舸：“蒋舸。”

蒋舸“嗯”了一声，他不说话了。

“弟弟，”陶思远说，“你很喜欢蒋舸这个朋友是吗？”

陶思稚不知是走神、在玩游戏，还是在想，过了一段时间，他说：“喜欢啊。”

他的声音很天真，突然告诉陶思远：“当然，蒋舸也喜欢我。”

陶思远怔了怔，才说：“那你喜欢打游戏吗？”

“喜欢啊。”陶思稚说。

“看电影呢，喜欢吗？”

“喜欢。”

“瓦肯族呢？”

“喜欢。”

“你喜欢这么多东西，”陶思远说，“这些喜欢有没有什么不一样？”

陶思稚安静了，过了许久，他“啊”了一声，然后就不说话了。

“弟弟，”陶思远看了蒋舸一眼，对陶思稚说，“蒋舸要去国外上学了，不会再回来了。”

陶思稚静了静，似乎很笃定地说：“不是的，蒋舸明年才去上学，学制三年，会回来陪我过生日。”

“没有，”陶思远说，“他已经改变计划了，不会回来了。不过我们还是会陪你过生日的。”

“为什么？”陶思稚问。

“除非你陪他一起去，”陶思远没有回答陶思稚的问题，“你想去吗？”

陶思稚沉默了。

“如果不陪他去，你就再也见不到他了。”陶思远接着说，“不如这样，你陪他去吧，换一个地方待着而已，又不是很难。”

“不行，”陶思稚忽然焦急了起来，“很难。”

“为什么不行？”陶思远盯着蒋舸，问他弟弟，“很简单吧。”

“不简单。”陶思稚的语气慌张，他叫蒋舸的名字：“蒋舸，蒋舸。”

蒋舸想回应陶思稚，但他看着亮着的屏幕，没有发出声音。

“如果不能去的话，那你只能和蒋舸说再见了，”陶思远说，“你和蒋舸说再见吧。”

陶思稚在那头急促地呼吸着，好像无法接受陶思远给他的信息，过了一会儿，像求饶似的说：“蒋舸，你不要去了。”

蒋舸听不下去，想抽走陶思远的手机把电话挂了，但一抬手，陶思远就动作很大地转过身，用背挡住了他，低声催促着陶思稚：“陶思稚，不和蒋舸说再见，我就去帮你买机票了。有什么难的？弟弟，你是很会做选择的。”

陶思稚还在叫蒋舸的名字，好像希望蒋舸出来驳斥陶思远。

“陶思稚，”陶思远加重了语气，对他说，“我现在数到三，如果你不和蒋舸说再见的话，就和蒋舸一起走吧。

“一。

“二。

“三。”

“我要送你走了。”陶思远平静地说。

然后蒋舸听到了陶思稚的声音。陶思稚说：“蒋舸，再见。”

陶思远挂了电话，对蒋舸说：“这就是陶思稚对你说的喜欢的意义。”

蒋舸的手机振动了起来，陶思稚给他打来了电话。

他看着屏幕，陶思远伸过手来，把陶思稚的电话挂了，盯着蒋舸的眼睛，拨了通信服务商的电话，挂失陶思稚的手机号。

“不要再让我知道你跟我弟弟见面，”他对蒋舸说，“否则我会把监控视频交给你母亲。”

31

陶思稚在网页搜索“手机打不出电话”，显示没有可用的网络连接。

他重启了手机，在解锁屏幕时，“未注册网络”的提示框跳了出来。

陶思稚编辑了一条短信，想要发给蒋舸，没有发出去，又编辑了一些别的，试了许多次，大部分短信希望蒋舸不要走，也有的告知他手机打不通电话，还有的告诉蒋舸“我想吃栗子蛋糕”，但都没有发送成功。

陶思稚想找个人问一问，但寝室一个人也没有。

他下了床，摸黑走到走廊里，想下楼去值班室借电话，碰到了正拿着手电筒向上巡查的宿舍管理员。

宿舍管理员被他吓了一跳，拿手电筒照他的脸，陶思稚被晃来晃去的光照得捂住眼睛。

管理员责问他：“熄灯后为什么还在外面？”

陶思稚告诉管理员，他想借手机给哥哥打电话，管理员问他有什么事，他说：“我的手机打不出电话了。”被管理员一边责骂一边赶回了寝室。

回到寝室后，陶思稚想蒋舸为什么要走，想了一整夜，都没有想出所以然来，他打算在铁栏见面时，向蒋舸一问究竟。

在夜里，陶思稚想了一些本市的好处，写在手机的备忘录里。后来手机没电了，他爬下床，给手机充上电，写到早晨时，陶思稚想出了共计 28 条，2982 字。

吃完早餐后，来到教室，陶思稚的头有一点痛，趴在桌子上，但是睡不着。

班主任进来视察晨读情况，看到陶思稚趴着，走过来看了看他，搭了搭他的额头。

陶思稚不喜欢别人碰自己，但是他今天的反应和往常相比，显得慢了一点，所以没有躲开。

“怎么好像发烧了？”班主任说，又对坐在陶思稚旁边桌子的同学说，“你扶陶思稚去医务室。”

同学没说话，陶思稚不想被扶，立刻告诉班主任：“我自己去。”他站起来，往门外走去。

班主任本来好像想要陪他一起，走到走廊里，被另一个老师叫住了，陶思稚往前走，班主任没有再跟上来。

走出主教学楼后，陶思稚并没有去医务室，他转了一个弯，来到了和蒋舸约定好拿蛋糕的地方。

他的头还是有点晕，他在保洁房后面的缝隙里坐了下来，想到蒋舸以前也和他挤在这里，陶思稚慢慢高兴了起来。

太阳暖暖地照在他身上，他靠着墙壁，短暂地睡着了一会儿。

醒过来的时候，是 10 点 23 分，他从口袋里拿出手机，看了看自己写就的本市优点，等待着蒋舸，想等蒋舸来了，让蒋舸把他的手机带去修一下，晚上再拿来给他。

陶思稚今天的日常还没有做。

时间到了 12 点，陶思稚振奋了起来，不过蒋舸并没有来，陶思稚觉得蒋舸可能在排队，因为买蛋糕的队伍很长，蒋舸排得比较久。

到了下午 1 点，2 点，3 点，蒋舸还是没有到。

陶思稚想如果手机没坏就好了，给蒋舸打一个电话问一问。上次他也在这里等了很久，给蒋舸打完电话，21 分钟以后，蒋舸就到了。

当时蒋舸是跑过来的，穿着黑色的大衣，蒋舸长得非常英俊，用让陶思稚非常喜爱的眼神看着陶思稚。

陶思稚对他说话，他好像听不到一样，也没帮忙抽卡，隔着铁栏，焐热了陶思稚的手，让陶思稚感到幸福、开心。

顺便一提，在那一次见面时，蒋舸也把陶思稚的手机拿走了，帮陶思稚抽到了所有的限定卡片。

4 点 39 分的时候，蒋舸暂时还没有来。

陶思稚听到有人在喊自己的名字，里面好像还有他的哥哥，他觉得他们可能是在寻找没去医务室的自己。

不过如果他被找到，带去医务室，就会错过给他带栗子蛋糕的蒋舸，所以他小心地往里挪了一下，没有被他们发现。

太阳渐渐看不到了，天黑了，陶思稚发现一件事，蒋舸擅长迟到。

幸好本市有一个擅长包容迟到的人（就是陶思稚），这也是本市的优点之一。陶思稚拿出了手机，将这条好处写入备忘录。

到晚上 7 点 15 分时，一件不幸的事发生了，陶思稚被人找到了。

手电筒的灯再一次乱七八糟地照在陶思稚脸上，陶思稚往缝隙的里面躲，不想被他们抓到。有人也挤进了缝隙，抓着他的手臂，把他往外拉。

“不要，”陶思稚推对方，说拒绝的话，“不要。”

“弟弟。”他哥哥的声音传进了他的耳朵。

陶思稚被拉出了保洁房后的空隙，他不能再在这里等待蒋舸和蒋舸给他带的栗子蛋糕了，这么想着，一股巨大的悲伤吞噬了他。

“陶思稚，你在干什么？”他哥哥拉着他，问他。

手电筒的灯终于不再照在他的脸上了，陶思稚的身边围了很多人，都静静地看着他。

“陶思稚，”他哥哥说，“你能不能听到我讲话？”

陶思稚拿出了手机，塞进他哥哥的怀里，对他哥说：“我的手机打不出电话了。”

“坏了，”他对他哥哥提出要求，“你帮我去修。”

他哥哥没有说话，他又说：“可不可以借我一下手机呢？我要给蒋舸打一个电话。”

哥哥还是没有说话，陶思稚以为他没有听懂，解释：“蒋舸跟我说好要给我带一个我很爱吃的蛋糕。”

“但是他不会来了，”哥哥对陶思稚说，“其实他昨天已经走了。蒋舸一定以为你知道的，你昨天跟他说再见了。”

陶思稚微微仰头，想了一段时间，对他哥说：“哦，这样啊。”

他哥轻轻拉了拉他的胳膊，说：“我们走吧，我们今天回家。”

陶思稚觉得不太舒服，把胳膊从他哥哥手里抽出来，跟着他哥，沿着学校的铁栏往前走。

走了一会儿，陶思稚问他哥：“你知道蒋舸去哪里了吗？”

他哥说：“不知道。”

“好吧，”陶思稚说，“那等我的手机修好了，我就打电话问问他。”

“你要跟他去啊？”他哥说。

陶思稚在想他坏掉的手机，没有说话。

回到家里，陶思远看着陶思稚联了网，把游戏的日常任务做完，就把陶思稚的手机收走了，说明天会拿去修。

陶思稚回到房间里，不知道可以做什么，打开桌上的笔记本电脑，检查了做好的旅游攻略。

6 月 15 日，周三，出行人：陶思稚、蒋舸。

他关掉文档，把它删掉了，又从垃圾箱拖出来，重新打开。

进行了一段时间的重复操作后，他哥哥敲开了他房间的门，说："怎么还不睡？"

"该睡了，"他把陶思稚房间的灯关掉了，"快睡。明天还上学。"

不过陶思稚因为不困，所以又没有睡着。

早晨，陶思稚吃了他哥做的不好吃的早餐，坐在他哥哥的车里，去上学了。

他一个人走进学校，走向主教学楼，沿着左边的楼梯往上走，走到教室门口，看到自己的桌子上放着一个白色的盒子。

陶思稚走过去看，打开盒子，里面有一块栗子蛋糕。

"昨天中午张东匀拿过来的。"他同桌对他说。

陶思稚拆了勺子，吃了一口，蛋糕已经变质、坏掉，不能再吃，不过陶思稚还是吃完了。晨读开始了，他还在吃蛋糕，班主任走进来，他也在吃，不过没人管他，所以最后蛋糕一口都没有剩下。

陶思远说陶思稚的手机坏得太厉害，修不好了，因为临近高考，他决定让陶思稚走读，每天接送陶思稚上学放学。

4 月 29 日，第 12 个没有见到蒋舸的夜晚，陶思远去洗澡的时候，陶思稚在陶思远房间的抽屉里找到了自己的手机，不过不知道为什么，手机的密码换掉了，他打不开。

陶思稚又觉得很悲伤，他没有睡着。

第二天早晨 5 点钟，他不想待在家里，想去找蒋舸。

他走出门，想着蒋舸会到哪里去，走了很久，走到了一个地铁站。

在去年的 5 月 21 日早晨，蒋舸带他走进这个地铁站，所以陶思稚也走了进去，他在机器上买了一张票，鼓起勇气，走进了人群里。

他想：如果和蒋舸一起去上学的话，也会出现这样的情况，有很多的人。

但地铁站里的人实在是太多了，陶思稚感到很害怕，他下了电梯，被人挤进了地铁的车厢，不再有蒋舸在他身边。

陶思稚用手抓着地铁里很细的柱子，额头抵在冰冷的钢铁上，无助地哭了起来。

29 岁—36 岁

32

陶思远的二十九岁到三十六岁仿佛黄粱一梦。

似乎发生了许多事情，也好像什么都没发生。

工作方面较为顺利，每年工资都涨，他升职了，开始拿分红；在父母的催促、朋友的怂恿下，谈了两段恋爱，都无疾而终，未能成家。

这七年间，陶思远家庭成员的性格发生了一些改变。

一直需要他接送的患有高功能自闭谱系障碍的弟弟陶思稚，在十八岁的五月假期前一天早晨，突然从家里失踪。

最后他在明德找到了认真听讲的弟弟，发现弟弟学会搭地铁了。

于是天气不好的工作日，他或父母送弟弟去上学，而后上班，傍晚再接弟弟放学。

天气好的工作日，弟弟搭乘公共交通工具。

弟弟高考结束的这天傍晚，他带弟弟去买了一部新的手机，办了新的手机卡，往新的手机里存家人的电话号码，弟弟站在他身边，看着他把号码全都输入。

“是不是还要下载《恋爱蔷薇园》？”他问弟弟。

“《流星蔷薇园》，”弟弟纠正他，又告诉他，“不需要了，我今天在电脑上看到一个好像很好玩的新游戏，抽到 SSR 卡的概率比流星的高百分之零点一，我决定换那个游戏玩。”

陶思远问弟弟：“旧的不玩了吗？”

弟弟伸手把新手机拿过去，没有再说话了。

那天陶思远觉得或许蒋舸是陶思稚的《流星蔷薇园》，陶思稚不玩《流星蔷薇园》了，也把蒋舸忘掉了。

他觉得应该对陶思稚进行一些成人教育，纠正弟弟的一些误区，让弟弟在交友方面的行为更加恰当，因此有时会向弟弟探听和蒋舸相处的一些细节，想从中找出最初的不当片段，并进行解说。

陶思稚有时候愿意说，有时候不愿意。

大约在弟弟大学一年级的秋天，陶思远发现弟弟失眠。

凌晨三点，陶思远起夜，看到弟弟房间有很微弱的灯光，他以为弟弟忘记关灯，轻轻推开门，看到弟弟坐在椅子上，背对着门，蜷腿坐着，戴着耳机，好像在听歌。

陶思远走近一些，听到弟弟怪腔怪调地哼着歌，拿着被他收走过，改了密码，又拿掉 SIM 卡的旧手机，缓慢地浏览《流星蔷薇园》的游戏卡片，一张一张点开来看。

他把手机抽走，要弟弟去睡觉，弟弟用很乖的眼神，把旧手机要了回去，又乖乖躺到床上，闭起了眼睛。

十月中旬，弟弟突然在晚饭时宣布，他明天要独自去隔壁市一日游。

陶思远不大放心，跟公司请了假，偷偷开车，跟在弟弟乘坐的大巴后面，跟着弟弟去了隔壁市。

排队上大巴的时候，弟弟抓紧了自己的背包带子，看上去很紧张，也有点可怜。

下大巴后，他好像不知道自己要去哪里，左顾右盼，在马路上发了半个小时的呆。当陶思远想下车叫他的时候，他终于拿出手机，叫了一辆网约车。

陶思远又开车跟上去，跟着弟弟到了海滨公园。

这天天气阴沉，海滨公园狂风大作。弟弟穿得不多，风把弟弟的衣服吹得贴在身上，看起来很孤单。

陶思远买了票，远远看着弟弟，他像在熟悉新的地方一样，在海滨公园里走了一大圈，而后停在白色的连廊，开始拍摄照片。

弟弟拍摄照片的样子很奇怪，从连廊的起点开始，没走几步，就拍一张，然后看几秒钟手机，好像在作对比，或者找什么。

最后大概终于找到了，在连廊的一个位置上坐了下来，坐着玩起了游戏，直到下午。

两点左右，弟弟站起来，离开了海滨公园，打车去了另一个地方。

下车后，弟弟看着手机，似乎在导航，走到了一个海岸边。

陶思远跟过去，看到弟弟走下台阶，看了看对岸一座很小的种满树木的岛，接着又坐下来，等了一段时间。

随着海水退潮，岛和大陆之间出现了一条长长的白色沙洲。

陶思稚托着腮看了一会儿，陶思远看他在发呆，走近他少许，听到他有些故作深沉似的叹了一口气。

陶思稚没去对岸的岛，他回到了公共汽车站，坐上了回本市的车。

下一周，陶思远带弟弟去干预中心，还是简单而有所隐瞒地对干预师说了弟弟的情况。

他告诉干预师，有个朋友离开了弟弟，弟弟不太适应。

干预师和弟弟单独谈了谈，给弟弟布置了一项任务，要弟弟每天记录生活的日常。

弟弟非常听话，当天就记录了起来。

陶思远找了个借口，不再做蒋太太的投资顾问，但蒋太太还是时常打电话来关心陶思稚的近况。

聊天时，她也偶尔谈及蒋舸，说蒋舸上学很努力，但变得比以前孤僻，假日也常常推托有事，不回国，说蒋舸可能和他高中的女朋友分手了。

随着时间过去，陶思远觉得弟弟或许已经完全将蒋舸忘记了，就像忘记他的小学同学，用适当行为替代了问题行为。

但弟弟不再过生日了。

生日时弟弟不愿意出门，安静地待在家里，玩他 18 岁时收到的生日礼物，一台游戏主机，好像自己的生日消失了，不存在了，没有再吃过陶思远给他买的任何一个生日蛋糕。

22 岁时游戏机坏了，弟弟把主机收好，放回了盒子里。

弟弟大学本科毕业这年，全家去参加了他的毕业典礼。

弟弟接过校长递来的毕业证书，小心地没有碰到校长的手。

陶思远在一旁拿相机记录，父母热泪盈眶，弟弟走下台，把证书给了陶思远，又拿出手机玩起了游戏。

上了车后，弟弟要陶思远帮他抽卡，没抽到新卡，弟弟不高兴了，一路都不说话。

晚上，弟弟的电脑放在客厅，忘记拿进房间。

陶思远偷看了一次弟弟的日记。

弟弟日记里的句子都很简单，如实记录自己的日常生活，修了什么学科、教授的名字、考了多少分、玩的游戏、抽到的卡、看的电影，甚至公交车或地铁车厢里的人数。

最后一条是傍晚写的："大学毕业了，没有住到一起。真是的。"

16 January

25 岁—

33

雨越下越大了，陶思稚觉得这是本市一年以来最大的一场雨，在雨量不多的一月份，大得很离奇。

听到陶思稚“想过的”的答案之后，蒋舸沉默了一段时间，在几乎完全黑暗的车厢里，不太明显地对陶思稚笑了笑。

陶思稚发现蒋舸笑，是因为他看蒋舸，看得很仔细，同时认为蒋舸的笑容可能是勉强的。并且只一秒钟，蒋舸的笑就消失了，松开了扣着他的手，然后问他：“你像想冰激凌一样想我吗？”

实际上，陶思稚觉得自己想蒋舸和想冰激凌应该还是有所不同的，想冰激凌可以马上偷偷去吃，想蒋舸是一点用都没有。

不过一方面，陶思稚说不清这两种想在情感上的分别，另一方面，他不想和蒋舸谈论这个话题，所以他什么都没说，转开了眼睛。

陶思稚眼睛盯着风挡玻璃上雨的波纹，心里还是在想蒋舸的问题。蒋舸可能以为他走神了，叫了他的名字：“陶思稚。”

陶思稚闻言，马上转头看看蒋舸。

不知道为什么，蒋舸忽然顿了几秒钟，才低声说：“不早了，我送你回去吧。”然后他将车往前开去。

开进集团园区的大门，蒋舸的车和一台轿车交错而过，没多久，他接到一个电话，车内屏幕上显示的是“爸”。

蒋舸按了接听，一个中年男子的声音在车内响起来，问蒋舸：“这么晚回公司加班？”

蒋舸“嗯”了一声，说：“想到有些工作没做完。”

“哦，工作态度不错。我听说你申请了员工宿舍，你申请那个干什么？”

蒋舸往宿舍区开，瞥了陶思稚一眼，回答：“睡顶楼影响不太好。”

“……抽到年会的头奖影响也不怎么样。”对方嘟哝。

蒋舸没说话，对方又问：“这周末回家住吧。”

蒋舸说“好”，挂了电话。

他沿着车道，向宿舍区开，雨势没有减弱。

陶思稚看了蒋舸几眼，忍不住跟蒋舸说：“我这批单人间很稀有。”

蒋舸看看他，没什么表情地说：“知道了。”

“我在小李那里看到别的多人房型，”陶思稚评价，“都一般般。”希望蒋舸做好申请不到的准备。

“小李是谁？”蒋舸问他，“你的新朋友？”

蒋舸的问题有点奇怪，陶思稚没有回答。

蒋舸突然又说：“你和李筱关系这么好？年会坐在一起，一个宿舍房型，两个人一起看来看去的。”

陶思稚继续不说话，看着眼前快速滑动刮去雨水的雨刮器。没多久，他的宿舍楼到了。

蒋舸把车停下来，陶思稚对他说：“我自己的运气第一次这么好的。”

按照正常的运气发挥，陶思稚只会获得普通多人宿舍的申请资格。

陶思稚并不喜欢早起赶公交车，又讨厌看房、学车，住到这个稀有的单人房间是他的超大好运气了，因此总是忍不住向人炫耀一番。

蒋舸看着他，没下车，看了一会儿，对他说：“这么稀有，我怕我申请不到。”

“那也是没办法的事。”陶思稚安慰他。

很奇怪地，蒋舸突然对陶思稚笑了，这次的笑倒不是很勉强，只是陶思稚不知道他为什么要笑，就不说话了。

蒋舸笑了几秒，解开了安全带，让陶思稚坐着，打开车门，抽出伞，绕过车头接陶思稚下车。

车门一打开，冷气和水汽立刻笼罩了陶思稚，雨声变得很大，很立体。陶思稚瑟缩着不想下车，蒋舸举着伞，俯身靠下来，问他：“怎么了？”

蒋舸的声音在雨声中显得模糊不清。陶思稚看见雨水从蒋舸身后的雨伞边缘不断往下淋，又待了很短的时间，下了车。

在通往宿舍楼的短短的四十三步路程中，冰冷的风裹挟雨水吹在陶思稚的面颊、脖子和手背上。蒋舸将他紧紧地护在怀里。

陶思稚闻到蒋舸身上让他感到熟悉的气味，突然生出了一种幻觉，觉得这是他和蒋舸住在一起的第三年。蒋舸大学毕业回国以后，他们租住在一起，今天按照一直以来的惯例，蒋舸带陶思稚去通宵书店，然后买完书，他们就一起回家了。

走到宿舍的屋檐下，蒋舸收起伞，这种感觉也没有消失。

陶思稚非常想去拉蒋舸的手臂，像以前一样挨得很近，他觉得他们住在一起的话，就会这么做。

他跟在蒋舸身后，很慢地往前走，走向电梯，看蒋舸按上行，电梯门开了，两个人一起走进去，就像真的住在一起一样。

陶思稚沉溺在幻想中，问蒋舸：“蒋舸，你白天做了什么？”

蒋舸说：“工作。”

“哦，”陶思稚说，“我也是。”

蒋舸看了他一眼，大概觉得他有点奇怪。

电梯门又打开的时候，陶思稚的游戏提示音响了，他的其中一个任务完成了，他低下头，一面往外走，一面打开手机看，游戏不再是《流星蔷薇园》，他的幻想也立刻结束了。

走到陶思稚房间门口，陶思稚和蒋舸道别。

蒋舸转过身，陶思稚看到他的大衣都湿了，伞尖还在滴水。陶思稚也不太知道自己在说什么，他叫住了蒋舸：“蒋舸。”

蒋舸回过身来，陶思稚问他：“你为什么要走啊？”

陶思稚抓着门把手，看着不远处的蒋舸，蒋舸脸上没有表情，即便有，陶思稚也有很大的概率没法看懂。

等了很久，蒋舸没有说话，陶思稚觉得蒋舸不会回答了，准备去洗澡、睡觉了，又说了一次再见，慢慢把门关上了。

他拿了睡衣，走到浴室，脱掉衣服，洗了一个澡。

浴室的水温还是非常适宜，陶思稚洗得很舒服，换上睡衣，又吹干了头发。

走出浴室，他在小沙发上坐着，不知道要怎么记录今天的日常，就玩了玩游戏，玩着玩着，忽然收到了蒋舸的一条短信。

蒋舸并不是来回答陶思稚的问题的，他问陶思稚：“那我现在回来，还来得及吗？”

陶思稚看着短信，发了一段时间的呆。

这时候已经是陶思稚的睡觉时间，陶思稚很困，在房间舒适的灯光下，大约 15 分钟后，他靠在沙发上睡着了。

陶思稚梦到自己本科毕业典礼的第二天，6月30日下午3点15分，陶思远对他说的话。

“人的口头承诺是会变动的，没有法律效力。

“你和蒋舸……性格不合适，他出国上学也很忙。

“蒋舸的父母在本市，也不是真的永远不会回来，但出于很多原因，可能因为……谱系障碍，出于很多原因，蒋舸不能做到他约定的承诺，所以干脆不见面了。”

陶思稚知道哥哥在解释社会规则，仍然听得有点懵懂。

当时距离蒋舸离开已经四年，他并未因为哥哥的这番话，而产生许多心理波动。

不过这场谈话中毕竟带有蒋舸，因此仍然令他感到难忘。

34

第二天，陶思稚专心致志地完成了一天的工作，在傍晚六点下班，去楼下食堂吃晚饭，走到食堂里，看到蒋舸和同事坐在里面。

陶思稚想吃饭，又不想往里走，在门口呆站了半分钟，直到蒋舸的同事中有人抬头注意到他。

他们大概觉得陶思稚很奇怪，交头接耳后，都向他看来。蒋舸也看到了他，场面似乎又因为陶思稚的怪异行为变得尴尬。

陶思稚有点抱歉地走进去，买了饭，坐到一个喜欢的、位于角落的位置，低头吃起饭来。

吃了一半，陶思稚手机响了，他拿起来看，蒋舸问他："晚上要不要去看你的瓦肯人新电影？"

陶思稚抬头看看蒋舸，蒋舸在跟同事聊天，好像消息不是他发的一样。陶思稚早已经和他哥约定好去看周末的早场，因此默默把消息关掉，又吃了几口，喝掉了果汁，准备离开食堂。

很巧的是，他往外走的时候，蒋舸也和同事吃完出去了，陶思稚就放慢了脚步，跟在他们后面一点的地方。

他听到蒋舸的一个同事对他说："我们票都买了，小蒋总赏个脸，一起去啊。"

“这电影很火的，”另一个说，“今天首映，票房已经两亿了。”

蒋舸没有答应，也没有拒绝。

电梯很快来了，门打开了，不知道为什么，蒋舸没动，对其他人说：“你们先走吧，我等下一班。”

有五个人进了电梯，两个非要留下，说陪蒋舸一起走。其中一个男性又开始劝说蒋舸。

蒋舸背对着陶思稚，他穿着黑色的西装，显得非常高大，一言不发，一副很冷漠的样子，低着头，好像在看手机。

陶思稚低头看了看自己的球鞋，拉了一下T恤的下摆，想拿出手机玩游戏，另一部电梯来了。陶思稚本来准备等下一趟的，但是蒋舸挡住了门，叫他：“陶思稚。”他只好走了进去。

进了电梯，大家都没说话。

蒋舸的同事按了负二，蒋舸转向陶思稚，问他：“你到几楼？”

陶思稚说“一楼”，蒋舸问他：“回宿舍？”

陶思稚说“嗯”，蒋舸就说：“我送你回去。”根本没有帮陶思稚按一楼。

到了车库，陶思稚跟着蒋舸出去，蒋舸的同事又叫了蒋舸一声，问：“小蒋总，你真的不看啊？”

蒋舸没什么表情地拒绝了，低头看看陶思稚，说：“走吧。”

蒋舸的车位离电梯很近，陶思稚坐进他的车里，他突然问陶思稚说：“你晚上没事吧？”

陶思稚承认了：“嗯。”蒋舸就说：“我包了一个场，没有别人。你跟我去看吧。”

陶思稚看着蒋舸，没说话，蒋舸和他对视了片刻，又说：“我不对你做什么。你不是喜欢这部电影吗？”

陶思稚忍不住把右手伸进外套的口袋，摸了一小会儿早晨放的小纸片，蒋舸很耐心地等着他，最后陶思稚说“嗯”。

蒋舸把车开往一个综合商场，陶思稚坐在他车里玩游戏。

他没有开音乐，车里非常安静，只有陶思稚游戏音乐的声音。

开了半小时，到了商场门口，陶思稚刚做完日常，突然接到了他哥的电话。他接起来，他哥问他：“弟弟，你在哪里？”

陶思稚手机音量调得有点大，因此蒋舸应该也是听到了的。陶思稚看了看在开车的蒋舸，说：“外面。”

“外面哪里？”他哥又问，“跟谁一起？

“不是跟你说过吗？跟人出去要跟哥哥说。”

蒋舸驶入地下车库，有一段信号不大好，陶思稚的手机没声音了，一看屏幕，通话结束了。

蒋舸侧过脸，看了陶思稚一眼，问：“你哥？”

陶思稚说“嗯”，蒋舸说：“这么多年了，还是管这么多。”

陶思稚沉默着，看蒋舸停到车位上。他的手机又振起来了，还是他哥打来的。

蒋舸也看到了，熄了火，问陶思稚：“要接了再走吗？”

“嗯。”陶思稚刚想接电话，蒋舸突然伸手，把他的手机抽走了。

陶思稚愣了愣，抬眼看蒋舸，蒋舸的眼神有些冷，把陶思稚的手机放在了一旁。

陶思稚觉得他好像很不高兴，下一秒，就听他又说：“你准备告诉他你跟我在外面吗？”

“他现在让你回家，你回不回？”蒋舸问。

陶思稚张张嘴，不知道要说什么，蒋舸又问：“陶思稚，你怎么这么听话啊？”

蒋舸的样子让陶思稚感到陌生和害怕。陶思稚看着蒋舸，尽管不应该，还是小声叫他“蒋舸”，又伸手，似乎想把手机拿回来。

蒋舸脸色变了变，伸手抓住了陶思稚的手腕，陶思稚的手机还在振，蒋舸的手很热。他朝陶思稚靠近，两人对视了几秒钟，陶思稚犹豫着往后退，他的背靠到了车窗上。

车窗很冰，也很硬，透过T恤冻到了陶思稚的皮肤。

陶思稚闻到蒋舸的气味，混合着不浓烈的烟味。

陶思远的教导接连在陶思稚的脑海中盘旋，“和别人靠近前先给我打电话”“要懂得拒绝”“说‘不要’”。

但所有的这些话，都在蒋舸的车里失效了。陶思稚在心里想了“不要”，但是没有说出口。

陶思稚觉得他现在的生活实在是太奇怪了，他不理解突然回到他身边的蒋舸，不理解讨厌蒋舸的陶思远，也不理解自己。

只知道他让蒋舸很生气，因为蒋舸绷得越来越紧，非常用力，好像在发泄不知从何而来的怒火。

陶思稚觉得自己可能又说错做错了，但是不知道哪里错了，他很希望自己是个正常的人，懂很多正常人随便就懂的事情，这样蒋舸也就不会离开他了。

陶思稚闭上眼，不知过了多久，蒋舸终于退开了些许，一直低声对他道歉，说“对不起”“思稚，你别怕”“对不起”。

陶思稚的眼睛有点模糊，他看着衣冠楚楚的蒋舸。

蒋舸看着他，穿着西装，打了领带，好像陶思稚在最深的夜的睡前想象中，为蒋舸安排的形象一样，像有些慌张似的，叫陶思稚的名字。

如果一直在一起，陶思稚觉得蒋舸的二十六岁正应当是这样。

“蒋舸，”陶思稚抓着蒋舸的手臂，小心地，不算拥抱地靠过去，将额头抵在蒋舸的肩膀上，确认蒋舸的存在，叫他的名字，“蒋舸。”

“蒋舸，”陶思稚的泪水把蒋舸的西装弄湿了，他对蒋舸说，“你是这个世界上最讨厌的人。”

他听到蒋舸仿佛从很远的地方传来的声音，蒋舸抱着陶思稚的肩膀，再一次说“对不起”。

“你真是太讨厌了。”陶思稚紧紧闭着眼，埋怨蒋舸。

然后又忍不住说“你不要再走了”和“我好想你”。

35

可能有长达十分钟的时间，蒋舸都没有说话。

帮陶思稚擦干了眼泪之后，他看了陶思稚许久，忽然开口同意了陶思稚的话，说自己是很讨厌，不过不会再走了。

他说话的声音很低沉，说完以后，好像在等陶思稚回应。

陶思稚低着头，尽管无法确认蒋舸是真的承认自己讨厌，还是在乱说，仍然“嗯”了一声。

“我要去看电影了，”陶思稚对蒋舸说，“我是很想看这部电影的。本来我和陶思远周末去看，现在先陪你看一下吧。如果你还想看，也可以再叫我。”

“好的。”蒋舸说。

“我到外面看电影不需要包场，”陶思稚补充，“只要买三个连座，不要让其他人坐到我边上就可以。”

蒋舸又说：“好的。”

准备下车的时候，陶思稚手机又响了。手机被蒋舸扔在仪表盘上方的板上，陶思稚差点都忘了。

蒋舸帮他拿下来，他看到屏幕，还是他哥打来的。

“怎么办，”蒋舸没把手机给他，对他笑了笑，问他，“你接吗？”

陶思稚觉得蒋舸的笑看上去有点邪恶，伸手想要拿手机，蒋舸没给他，说：“你声音很哑，他问你，你怎么说？电影快开场了，多跟他解释就错过片头了。”

陶思稚把接手机的手缩了回来。

“我帮你接吧。”蒋舸伸手摸了摸他的头顶，很温柔地说。

陶思稚看着蒋舸的眼睛，说“啊”。蒋舸帮他接起来，开了外放，说：“思远哥。”

“……”过了好几秒钟，陶思稚听到他哥问，“你是谁？”

陶思稚看看蒋舸，蒋舸又冲他笑笑，才说：“蒋舸。”

“陶思稚呢？”他哥问。

“在洗手间，”蒋舸说，“我们在看电影，电影快开场了，等散场了我让他给你回电话吧。”

“让他回来就给我回。”陶思远说。

蒋舸说了“好”，把电话挂了，还给陶思稚，说：“等你的声音听起来不哑了，再给他回吧。”

陶思稚看着蒋舸，很轻地“嗯”了一声，不知道为什么，蒋舸一直盯着他，好像在确认他们是不是真的见面或者出来看电影了，他叫陶思稚的名字。

陶思稚跟他对视了一会儿，应答他。

他们没有错过电影的开场，这是这天别的好事之一。

陶思稚跟在蒋舸后面，走进电影院，看了一部完整的电影。电影拍得非常好，瓦肯族镜头比以前要多，陶思稚已经记住台词了。

看完电影，商场还没有打烊，走到扶梯旁，陶思稚看到楼下有一家卖游戏主机的电器商店还开着，就拉着蒋舸往下走。

“蒋舸，”陶思稚很高兴地对蒋舸说，“我们去买一个主机。”

上了自动扶梯，陶思稚又抬头看蒋舸，说：“那个旧的被我玩坏了。”

蒋舸站在陶思稚身边，陶思稚的手臂贴着蒋舸的，他低头看着陶思稚，说：“你那个……游戏力度，怎么会把主机玩坏的？”

“不知道，”陶思稚告诉他，“充不进电了。我哥说可能因为我玩的时间不规律。”

“你没拿去修？”蒋舸问他。

陶思稚盯着电器店的招牌，说“嗯”。他们到了三楼，走进电器店里。

陶思稚对店员说了主机的名字，店员帮他去仓库拿新的现货，他就走到游戏柜边，选游戏，发现蒋舸送给他的那个音游又出了好几个版本。

“现在游戏变得好多。”陶思稚对蒋舸发出感慨。

蒋舸看看他，说：“你怎么好像很久没玩了？”

“嗯，”陶思稚说，“我的主机都坏了三年了。”

蒋舸在他旁边站了会儿，问他：“坏了你怎么到今天才买？”

陶思稚没说话，又细致地挑选了一番，选了两个他感兴趣的，站在一旁的另一个店员又给他推荐了一个游戏，说：“这个很适合双人对战，你可以和你朋友一起玩。”

陶思稚怕蒋舸要跟他一起玩游戏，立刻说：“不用的，不用的。”

蒋舸在他旁边笑了，他看了蒋舸一眼，蒋舸又不笑了，还不承认自己笑。

拿主机的店员从仓库回来了，商场也快打烊了。

下楼的时候，陶思稚想起了他的哥哥，问蒋舸：“蒋舸，我的声音还哑吗？”

蒋舸说不哑了，他就给陶思远打了一个电话。

陶思远接起来，陶思稚说：“我看完电影了，很好看，你一定不会失望。”

“你今天看了，周末还跟我看啊。”陶思远说。

“嗯，我会看好几次。”陶思稚说。

电梯停了，陶思稚没看楼层就要走，被蒋舸一把拉了回去，说：“没到。”

陶思远好像听到了蒋舸的声音，顿了一会儿，说：“现在要回去了？”

陶思稚看了蒋舸一眼，说：“嗯。”

“你宿舍挺小的，不太适合招待客人。”陶思远突然说。

陶思稚不知道他在说什么，就“哦”了一声。

电梯到负二层，信号又不太好，断断续续的，陶思稚对他哥说了再见，挂了电话。

蒋舸把陶思稚送回宿舍，帮他把主机和游戏都提上楼。

回到陶思稚房间里，蒋舸说陶思稚买的一个新游戏他玩过，有点不好上手，问要不要教一下陶思稚。

陶思稚说“好的”。

蒋舸进了门，脱掉外套，挂在门边的架子上。陶思稚回头看着蒋舸，手机的日常闹钟响了。

陶思稚想起来，又忍不住对蒋舸说：“那你再帮我抽一下卡。”

36

玄关，鞋架，衣架，简易厨具柜，浴室，书桌，床，浅黄色的灯光，木质地板，米色的窗帘。

陶思稚站在沙发和电视机中间很小的一块空间，回头和蒋舸说他在新游戏里艰难的抽卡之路。

“我哥运气比我好一点，”陶思稚说话细声细气，冷酷地评价陶思远，“不过也只好一点点，没抽过几张好卡。”

这是蒋舸第四次走进这间单人宿舍。

他最近来的三次中，有两次是送陶思稚回来，另一次是他骗陶思稚说想看宿舍格局。

去年四月，蒋舸回总部述职，陶思稚刚刚入职两个月。

一开始，蒋舸以为陶思稚家离园区那么远，又不申请宿舍，应该是每天由陶思远接送上下班的。陶思稚上大学虽然也自己坐公共交通工具走读，但他家离学校只有两站路。

过了一阵子，蒋舸才知道陶思稚单程要转三班地铁。

当时蒋舸心情很复杂，觉得自己把陶思远想得太伟大了。蒋舸想看看陶思稚自己坐地铁的样子，就在四月回本市的第二天早晨，开车到了陶思稚家的小区门口。

大概六点二十分，陶思稚背着双肩包，慢慢走出来。

陶思稚戴着毛线帽和耳机，围着围巾，手放在口袋里，走进地铁站，刷了乘车码，坐电梯下去等地铁。

第一班地铁，人还不是很多，但也没有座位了，他走进一个很靠边的车厢，安静地站在铁柱边，一只手抓着柱子。

后来又转了两班地铁，人越来越多，陶思稚看起来有点不舒服和僵硬，脸上没什么表情。

蒋舸在他对面的车厢，他一直戴着耳机，垂着头发呆，没有发现蒋舸。

到公司以后，蒋舸去了一趟后勤部门，借故称分公司想建宿舍楼，让部长带他去看看园区的宿舍。

部长带他看了最新建好的那一栋，蒋舸看到九楼的单间宿舍，觉得陶思稚可能愿意住，就不用通勤了，让部长帮了个忙。

现在看来陶思稚的确很喜欢这间宿舍，多次强调是稀有房型，像在论坛炫耀他的稀有卡片。

蒋舸走到陶思稚身旁，低头看陶思稚的游戏界面。他一站过去，原本不宽敞的空间便显得更拥挤了。他叫了陶思稚一声，问："你为什么不玩《流星蔷薇园》了？"

陶思稚没马上说话，低头用手指点了一会儿屏幕，才缺乏起伏地说："那个游戏没什么好玩的。"

"你什么时候不玩的？"蒋舸又问他。

陶思稚抬头看了蒋舸一眼，又闷头玩手机，大概完全不打算回答了。

实际上蒋舸是知道陶思稚换游戏的具体时间的。

六年前，蒋舸找到了陶思稚的新帖子，知道了陶思稚玩的新游戏。找起来并不难，毕竟陶思稚只玩一类游戏，只有一种起名方法。

当时蒋舸刚上大学，一个人住在学校附近的公寓。他忙的时候很忙，不忙的时候空虚，没交几个朋友，有时候和杨骁出来喝酒，也只是一个人闷着喝，不大跟人交流，喝多了偶尔看一眼陶思稚那个注销的手机号给他发过的短信。

“我看过天气预报了，明天你们去的地方下雨。”

“本市晴天。”

“一本书都没买。”

“抽到了别人。”

圣诞假蒋舸回去了几天，找人查到了陶思稚的新手机号，还有陶思稚的课表。

国内学校没放假，他开车进了陶思稚的大学，坐在车里，在教学楼下等了很久，看到陶思稚背着包出来，走到蒋舸都没发现的、在楼下等的他哥车边。

陶思稚看着挺高兴的，和他哥走了，没什么不好的迹象。

蒋舸觉得陶思稚的再见大概是真的再见，可能已经彻彻底底把他忘了，蒋舸在陶思稚心里什么都不是了。他现在下车，叫住陶思稚，陶思稚可能会惊讶他为什么会出现在本市。

“蒋舸，你不是去上学了吗？”陶思稚可能会用很天真的眼神问他，“为什么回来啊？”

蒋舸第二天就走了，把调查的人发给他的关于陶思稚的东西都删了，号码也没留。过了两三天，他又重新去要。

想到去找陶思稚的新帖子的那晚，蒋舸喝醉了，用当地的手机号给陶思稚打了电话。

陶思稚接起来，在那头怯生生地喂了几声，蒋舸身边的哥们儿醉醺醺一声大喊，陶思稚可能吓到了，把他电话挂了。

蒋舸又打过去，没打通，怀疑自己被拉黑了，回到公寓躺在沙发上，觉得不甘心，同时觉得不舍。

陶思稚什么都不懂，很无情。陶思稚开心只要一秒，不像蒋舸，走不出来。但他也很纯真，给出的真挚和真的真挚没有区别，承诺时看不出一点虚假，蒋舸被骗也很正常。

蒋舸没法再给陶思稚打电话，在沙发上想着，搜了搜 Vulcan20，在搜索界面加减关键词，找了十几分钟，就找到了陶思稚的帖子。

陶思稚每周更新一次卡面，回到了运气不佳的 Vulcan16 时期，蒋舸酒劲上来，看了看陶思稚帖子下可怜的几个回帖，注册了账号，回了一条“楼主，你的运气好像不太好，想过什么转运方法吗”。

蒋舸回完去冲了个澡，做了一会儿作业，就睡了。

第二天，蒋舸起床后，刷新了陶思稚的帖子，发现他的回复被陶思稚隐藏了，觉得陶思稚的小心眼很好笑，一边喝咖啡一边又回了一条“楼主，为什么隐藏我的回帖”。

吃完早餐，他发现 Vulcan20 给他发了一条站内信，说：“你好。我不喜欢别人说我运气不好，请你不要再这样说了。”

Vulcan20 把帖子设置成了不允许回帖，只在主楼编辑更新卡面了，也没有回复蒋舸的道歉。

蒋舸上学的后两年更忙，念完了本科，他爸想让他继续念，他没听，回国找了份工作。没上两天班，他爸说自己身体不好，得尽快退休，叫上他妈一起劝说，逼他回了公司。他在家吃了两顿饭，他爸想让他去相亲，他跟他爸吵架了。

那天是七月中旬，天气炎热，他爸被他气得摔了碗，去书房拿了把不知哪来的戒尺，抽他的背，要他跪下。

蒋舸没跪，也不想再待在家里，开车出去，不知怎的，又开到陶思稚家小区的门口。

他在那里待了很久，没看到陶思稚。道路两旁的梧桐树影被路灯照着，映在他的车上。蒋舸想到陶思稚坐在便利店吃冰激凌的样子。

有一次陶思稚从学校跑了，回家进不了门，给蒋舸打电话求助，蒋舸来找他，他就坐在便利店的玻璃后面，睁大眼睛张望，打游戏打得身上一毛钱都没有，让蒋舸给他买饭团吃，吃完饭团还要香草味的冰激凌。

蒋舸觉得陶思稚像一场没有尽头的噩梦、美梦，本身是纯洁、不懂事、固执、自我，延伸出给蒋舸的假的依赖、假的快乐、假的允诺、假的感情。

到凌晨时，蒋舸他妈给他来电话了，问他在哪。蒋舸没说，他妈又说她把他爸劝冷静了，如果蒋舸不想回家也没关系，问蒋舸住在哪里，她来看看他。

蒋舸到附近酒店开了间房，把房号发给了他妈，没多久，他妈来了。

起初她很冷静，告诉蒋舸，他年纪还很轻，不用太早下定论，父亲也是为了他好，如果真的实在不愿意去找另一半，她也可以替他多和父亲沟通。

吵架是最没有意义的事情，胡以追的事谁都没想到，拿出来戳他爸爸的痛处不地道。

蒋舸想起母亲并不知道的那些事，没有说话。她又为他爸说了些话，而后问：“你不会还在想高中时候那个人吧？”

蒋舸说“不是”，看着她，过了一会儿，说：“我高中不想出国是因为陶思稚。”

话说出来以后，他妈呆住了，看了他一会儿，喃喃道：“可是思稚……你们现在还……还有联系吗？”

“早就不联系了，”蒋舸自己也觉得荒谬，对她笑了笑，“他哥看到了我们在客厅的监控视频，觉得我们不适合再联系。”

他妈的脸刹那便白了，不过蒋舸还是接着告诉她“大概看在你的面子上，决定不起诉”。

他妈打了他一巴掌，坐在沙发上哭了。

蒋舸看着她，没觉得自己有多痛苦、冤屈或不甘。只不过在和她坦白以后，几年来唯一一次，像发了狂一样，蒋舸想见陶思稚。

没过多久，蒋舸去了西北，分公司厂区还在建，在工地旁租了一层写字楼办公。他住在工地另一边，窗外一片荒芜。

国庆节蒋舸没回家，晚上又喝了些酒，给陶思稚发了一条信息，说自己回国了，祝陶思稚假期快乐。

陶思稚没回复他，蒋舸猜想他可能又把自己拉黑了。

蒋舸在西北很忙，止不住想陶思稚时，仍然会给他发信息，祝他这个节快乐、那个节快乐，如果不清楚什么节日，还会上网搜索一下。

陶思稚入职公司时，蒋舸还有些疑惑，他以为陶思远会极力阻止陶思稚待在他附近。没想到陶思远让陶思稚来安远上班就算了，还让陶思稚转三班地铁。

年会刚进场，蒋舸就看到陶思稚了。当时蒋舸想，陶思稚确实和普通人不一样，确实有一手，什么都没变。有没有蒋舸，住在哪里，都是这副乖乖的、什么都不懂的样子。

毕竟早就说过再见了，蒋舸和他搭话，他就把蒋舸当作陌生人，靠在大理石柱子上，玩他的游戏。

陶思远虽然不好好接送他的弟弟，风险防范教育倒是做得比以前要好。

陶思稚对蒋舸比对陌生人都抗拒，抽不到 SSR 也要自己抽，宁可淋雨回宿舍，都不想蒋舸送他。

蒋舸靠近他，他说“不要”，仿佛以前擅自拿蒋舸的手抽卡，理直气壮要蒋舸替他做这做那，央求蒋舸带他去海滨公园的人不是他。

不过蒋舸确实没法控制自己，他见到陶思稚之后，恨和不甘心就没有了，只想好好对陶思稚，就像很久以前他们两个人都默认的未来一样，住在一起，不管家人同不同意、别人怎么看他，蒋舸打算把陶思稚重新骗回身边，因为陶思稚就是那么好骗。陶思远嘴上说得好听，也并没有把陶思稚照顾得多好。

陶思稚在车里哭，蒋舸以为自己把他弄疼了，后来蒋舸发现是自己错了，陶思远也错了。

陶思远断定陶思稚是一个无法拥有共情能力的人，蒋舸在心中认可他的判断。蒋舸想过算了，哪怕陶思稚永远无法回馈他同样的情感，永远不会认真听他说话，也没关系。他可以接受。

但是如果陶思稚这样都不算一个有感情的人类，蒋舸怀疑全世界自诩正常的人里，也没有几个是会爱人的。

“蒋舸，”陶思稚又忽然抬起头，对他说，“我不玩《流星蔷薇园》是因为你走掉了。”

房间的灯照在陶思稚白皙的脸颊上，他看上去很单薄，面无表情，用没有很多感情的语气对蒋舸说：“因为如果我不用每天一直看到跟你有关系的东西的话，我就没有那么难受了。”

37

这天晚上十二点，陶思稚洗完澡，接到了陶思远打来的电话。

“你睡了吗？”他哥问他，他说没睡。他哥又问：“蒋舸走了吗？”

“嗯。”陶思稚老老实实地告诉他。

陶思远立刻说：“你还是让他进你房间了。”

陶思稚“嗯”了一声，有点忍不住地把电话开外放，放在一旁，拿起游戏主机玩，一面玩，一面对陶思远说：“蒋舸教我玩了一个新的主机游戏，很好玩。”

“你买新主机了？”陶思远问他。

陶思稚玩得起劲，没说话。

陶思远一直没挂电话，陶思稚又玩了一会儿游戏，叫他哥：“哥。”

他哥说：“干吗？”

“告诉你一件事情，”陶思稚对陶思远说，“我决定要和蒋舸一起住了。”

刚才蒋舸跟他说了很多，他已经问过蒋舸，确认了彼此的想法，觉得有必要和陶思远说一声，因为这样才能同住。

虽然蒋舸跟他说，反正陶思远之前上下班都不送他，可能不论他们做什么，住在一起，出门吃饭、游玩，陶思远根本不会发现，就像以前陶思远不在家，他想看什么电影，就看什么电影。

陶思远没说话，陶思稚玩过了一关，又告诉陶思远：“我和蒋舸以后就住在一起。”

“……他刚才跟你说的吗？”陶思远问他。

“不是啊，”陶思稚看着主机屏幕，回答他，“我们以前说好的。”

陶思远沉默了一会儿，问他：“什么时候？”

陶思稚没有回答，他哥又说：“那他今天倒是肯走。”

“我困了，”陶思稚为蒋舸解释，“要洗澡了。”

而且他没衣服能给蒋舸穿，蒋舸太高了。

不过蒋舸说明天会把衣服带来，因为他明天要加班到很晚，宿舍的申请又还没有批下来，没有地方住了，非常可怜。

“哦，”他哥慢吞吞地说，“好吧。”

陶思稚真的有点困了，他打了个哈欠，关掉游戏，说“我要睡了”，和陶思远说了再见。

睡着之后，陶思稚梦到了蒋舸。

蒋舸没有留下来，但他梦到蒋舸在他家里和他的身边，他们做了很普通的一些事。但这些事没有发生过，陶思稚觉得很离奇，很快就醒了。

他睁开眼睛，是凌晨一点半，打开了台灯，发现自己又没有了睡意，拿起手机，对着蒋舸的联系人页面看了一会儿，按了拨打电话。

只过了很短的时间，蒋舸就接了，说“思稚”。蒋舸的声音有些低沉，但似乎并没有在睡觉，好像还是很清醒。

陶思稚叫他：“蒋舸。”

蒋舸顿了顿，说“我在”，问他怎么了。

陶思稚满意了，说：“没什么，再见。”把电话挂掉了。

没过几秒，蒋舸突然来了电话，陶思稚接起来，他问陶思稚：“你不是困了吗？”

“梦到你就醒了。”陶思稚说。

蒋舸问他梦到什么，陶思稚没有回答，想了一会儿，问蒋舸：“蒋舸，你现在住在哪里啊？还是家里吗？”

蒋舸安静了几秒钟，说：“不是，在园区外的一个公寓。”

“远吗？”陶思稚问他。

蒋舸的回答很模糊，他说“还好”，陶思稚又问他：“你住多久了啊，是什么样子的？”

“没住几天，”蒋舸低声说，“就是普通的房子。”

“哦，”陶思稚又想想，说，“我想来看看，你给我一个地址吧。”

“……什么时候？”蒋舸问。

“想现在，”陶思稚说，“我睡不着。我走到园区外面，叫车来就好了。”

蒋舸那头安静了一会儿，对他说：“叫什么车，我来接你吧。”

过了半小时，陶思稚在睡梦中被手机振动吵醒了。他接起来，蒋舸在那边说“我到了”，他“嗯”了一声，蒋舸可能听出来了，马上问他：“你是不是睡着了？”

陶思稚不说话，蒋舸又说：“不是说睡不着吗？”

陶思稚“啊”了一声，对蒋舸说：“蒋舸，我要下来了。”

他在睡衣外面穿了一件外套，就下楼了。

宿舍楼底的玻璃门外一片漆黑，蒋舸站在三级楼梯下不远处，抱着手臂等他。

陶思稚刷卡开门，寒风一下吹到他脸上和脖子上，他打着战走过去，对蒋舸说：“有点冷。”

蒋舸走到车边，替他打开门，说：“祖宗，快上车吧。”

蒋舸带着陶思稚开出园区，开到空旷的大道上。

陶思稚伸手过去碰碰蒋舸的手背，是温热的。他说：“蒋舸。”

蒋舸很低地“嗯”了一声，陶思稚又说：“蒋舸。”

不知为什么，蒋舸突然把车靠到路边，停了下来，看着陶思稚，像又重新辨认了一次，坐在他车里的是谁。

蒋舸住的地方离园区不是很远，在陶思稚去年入职之后被父母带着看过的一个小区，面积有点大，所以陶思稚不太喜欢。

他停了车，带陶思稚上楼。

蒋舸的房子像房产公司的样板间，到处都很干净，没有什么生活的气息。陶思稚有点好奇，换了拖鞋，站在客厅东看看西看看。

“你住了几天呢？”陶思稚问他。

“三周。”蒋舸说。

蒋舸问陶思稚想不想吃冰激凌，陶思稚说想，蒋舸去厨房给他拿。

陶思稚想要先洗洗手，就去找洗手间，但蒋舸家的布局和样板间还是有点不同，他找错了地方，打开关着的门，到了蒋舸的书房里。

蒋舸的书房和客厅不太一样，书房看上去是有人待着的，桌面上放着电脑，还有一些文件，桌上一角放着几册书，封面陶思稚非常熟悉。

陶思稚走过去看了一眼，确实是他家也有的，《谱系行为干预手册》《整合干预手册》《关键反应训练》。

这些书被看过很多次，也和陶思稚家的很像。陶思稚拿起一本看了看，没翻几页，身后传来蒋舸的声音。

“思稚。”蒋舸手里拿着冰激凌。

陶思稚放下了书，看蒋舸走过来。

“蒋舸，”陶思稚看着蒋舸，觉得蒋舸的表情好像很难受，就对他道歉，“对不起啊。”

蒋舸没说话，陶思稚说：“我不是故意乱看的。”

“高功能自闭是有机会融入社会的，”陶思稚为自己辩解，“我已经在上班了，可以做很多事情，也不是完全跟你们不一样。”

“我知道，”蒋舸低头，很温柔地看陶思稚，说，“书我都看完了，不过我没觉得你有什么不一样。”

书房里的光线非常柔和，陶思稚有些无所适从地看着蒋舸，问他：“这样吗？”

“嗯，”蒋舸用陶思稚听过的最能够让人信服的语气说，“是的。”

陶思稚觉得他说的是真的。然后蒋舸又对陶思稚说：“是这样。”

38

“不要对别人提起你的自闭谱系障碍，”陶思稚的哥哥曾经告诫他，“人类社会的规则就是这样，你可以是一个怪人，但最好不要真的有病。”

“你当然没有病，”在他询问他哥他是不是真的有病的时候，他哥蹲在他的面前，看着他的眼睛补充，“但是别人不认为自闭谱系障碍不是一种疾病，所以你不要说。”

陶思稚是一个听话的弟弟，他保守了他的秘密，没有告诉任何人。

认识蒋舸以后，陶思稚尤其不希望蒋舸发觉这个秘密。可能是因为按照他哥的社会规则推导，蒋舸可以喜欢一个怪人，但不太可能喜欢一个病人。一想到蒋舸会离开他这个病人，陶思稚就感到难过。

现在蒋舸说自己并不介意，陶思稚松了一口气。他靠到蒋舸身旁，说“蒋舸，你真是一个好人”。

蒋舸笑了笑，安静地看了他片刻，问他“冰激凌还吃吗”。

陶思稚看看蒋舸，说“要吃”，蒋舸便帮他把盖子打开，拆出了勺子，递给他。

他接过来，吃了几口，发现蒋舸看着他，问蒋舸：“你要吃吗？”

蒋舸说“不要”，陶思稚就靠向蒋舸，高兴地把手臂贴着他，接着吃冰激凌。

过了一会儿，蒋舸伸手揉了揉他的头。陶思稚闻到蒋舸身上很好闻的、温暖的气味。

陶思稚吃掉了半盒冰激凌，觉得非常幸福，对蒋舸说：“蒋舸，以后家里要常备这个口味的冰激凌，我很喜欢。”

蒋舸看着他，像投诉一样说：“陶思稚，你好像只知道吃。”

不过蒋舸并没有露出特别嫌弃的样子，又说了“好”。

陶思稚还穿着外套，在暖气充足的室内，觉得有一点热了，把冰激凌放到了桌子上，想要把外套脱掉。

蒋舸帮了他一把，他的外套掉到了地上。

下午和傍晚过得很快，陶思稚去洗澡的时候，已经快要七点了。

陶思稚在浴缸里睡着了，蒋舸把他叫醒。

蒋舸帮他打电话给部长请假，部长听到他不舒服，给他批了整整三天的假，叮嘱他好好养病。

打完电话，蒋舸给他倒了一杯温水过来，也发了信息请假。

陶思稚有点担心，问他：“你今天不是有很多工作，本来还要加班吗？”

蒋舸顿了顿，像要他放心一样，笑笑：“昨天从你那里回来以后，客户给我打电话说临时有事，取消会面了。”

“哦，好的。”陶思稚觉得很幸运。

喝了一些水，陶思稚又睡着了。昏昏沉沉地睡了许久，他感觉蒋舸在推他，叫他的名字，他睁开眼睛，觉得头很痛。

蒋舸摸着他的额头，眉头皱得很紧：“你好像发烧了。”

“啊？”陶思稚好久不生病了，说，“怎么会啊？”

蒋舸看着他，摸了摸他的头，低声说“对不起”和“怪我”，从旁边拿起一根水银体温计，要陶思稚张嘴含着，又说“医疗箱里只找到这个”。

陶思稚头晕地张开嘴，蒋舸把体温计放在他舌头下面，等了几分钟，拿出来看：“38.4℃。”

“我去给你买退烧药，马上回来。”蒋舸把体温计放到一边，说，“刚才给你煮了粥，不过现在还有点烫，等放凉一点，回来再拿给你喝。”

他摸了摸陶思稚的额头，又给陶思稚掖好了被角，才走出房间。

蒋舸离开房间之后，陶思稚没有马上睡着，他在床上有些失神地躺了一会儿，觉得还是口渴。床头的水冷了，他就站起来，很慢地走出去倒水。

他的腿软得不像自己的，小腿一抽一抽地疼。

陶思稚身上穿着蒋舸的衣服，遮到大腿中部，走到了客厅，拿了一个杯子，手腕有些颤抖地给自己倒了一杯水。

喝了几口，陶思稚忽然听到身后有动静，拿着水杯转过头看。

蒋太太站在玄关，手里拿着门禁卡，呆呆地看着他。

39

蒋太太穿着米色的套装，脚边的敞口包里放着一束鲜花，外表和以前几乎没有差别，只是发色换了。

陶思稚已经很久没见过蒋太太，他熟练使用适宜的社交方式，对蒋太太笑了一下，说：“阿姨，你好。”

蒋太太又怔了怔，才小声地说：“思稚。”

“你在蒋舸这里啊，”她问陶思稚，“穿这么少冷不冷？”

陶思稚回房穿了睡裤，走出来，看到蒋太太在剪花枝，又走过去，叫了她一声。

蒋太太回头，对陶思稚笑笑：“蒋舸呢，出去了？”

“嗯。”陶思稚说。

“怎么就留你一个人在家。”她嘟哝着，修剪一朵芍药。

陶思稚站在长餐桌旁，看着她剪掉花枝下部的叶片。

她一面修，一面对陶思稚说：“我想着蒋舸总算从西北回来了，还是老加班不回家，一个人来来去去，新房子里肯定也没一点活气，今天正好路过，就买了点花来，想帮他装点一下。”

天气阴沉，雨云在楼外聚集。蒋太太开了餐厅的灯，照着餐桌上的花，还有白色的花瓶。陶思稚闻到新鲜花枝的香气。

“没想到你在，”她把修好的芍药插进花瓶里，看看陶思稚，问他，“你和蒋舸重新联系上了啊？”

陶思稚看着她，没说话，她好像没有在意，又问：“是蒋舸来找你的吗？”陶思稚说“嗯”，她就沉默了一会儿。

蒋太太一共买了十五枝不同的花，在花瓶中插好后，将修剪下来的枝干用纸包起来，给花束喷了一些水，抬头问陶思稚：“好看吗？”

陶思稚说好看，她有些高兴地笑了笑，把纸包丢进垃圾桶，说很久没见到陶思稚了，想和陶思稚聊聊天。

陶思稚全身都有点痛，头也很晕，不过意识还算清醒，便乖巧地和蒋太太一起走到客厅，坐到了沙发上。

“思稚，”她给自己倒了水，捧着杯子，看陶思稚，似乎是犹豫了一会儿，才问陶思稚，“你喜欢跟蒋舸待在一起吗？”

她化了淡妆，眼下有很浅的几条皱纹。蒋舸的眼睛长得很像她，陶思稚为此有些许走神。不过他很快就回过神来，对蒋太太说：“喜欢的。”

“是怎么样的喜欢呢？”蒋太太看着陶思稚的眼睛问。

陶思稚觉得很难回答，所以看着她，没有说话。

她等不到陶思稚的回答，也没有生气，说“思稚”，又说，“阿姨很矛盾”。

陶思稚说：“啊。”

“怕你只是在配合，”她微微蹙起眉，垂下眼，看着手中的玻璃水杯，喃喃道，“怕蒋舸在骗你。”

陶思稚安静地看着她，过了一小会儿，她又说：“可是也怕你真的不……”

“你能够听懂吗？”她没有把这句话说完，抬起眼睛，看着陶思稚。

陶思稚想了许久，还是对她说："对不起，阿姨。我没有听懂。"

蒋太太的眼中泛起了泪水，她低下头，眼泪掉在手背上，用颤抖的声音对陶思稚说"没关系"。

陶思稚很希望能说什么，让她雀跃起来，但他想不出来。

"蒋舸从小就是一个很骄傲的孩子，"她抽泣着，对陶思稚说，"我想象不出他接受失败的样子。"

陶思稚扯了一张纸巾，递给她，她接过去，擦了眼泪。

"蒋舸那时候突然好像变了一个人，小陶又好端端不做我的顾问了，阿姨其实不是没有往你身上想过，"蒋太太手微微抖着，把杯子放在茶几上，发出清脆的响声，"我只是觉得他应该不会——我也不敢去想……"

"他对你那么有耐心……我应该早点发现，我应该早一点告诉他的，"她泣不成声，手指紧紧地攥着白色的纸巾，泪水滴在纸上，洇出浅色的水渍，"蒋舸也不会犯错……"

陶思稚看着她，觉得蒋太太非常悲伤，努力地伸出手，搭在她肩膀上，轻轻地抱住了她。

"对不起，思稚。"她的鼻音浓重，语气中仿佛有许多痛苦。

尽管陶思稚不清楚她道歉的原因，还是轻声对她说："没关系啊。"

想着她的话，陶思稚又忍不住说："蒋舸没有犯错。"

"蒋舸说他觉得我是正常的，"他很艰难地选择着表达的语句，然后告诉蒋太太说，"我没有什么不一样。"

他回想着，对蒋太太说："没有人可以跟蒋舸比，我们以后一直住在一起。"

蒋太太搭在陶思稚手臂上的手像无意识地抓了他一下，然后她缓慢地抬起头，用浸透了泪水的眼睛，看着陶思稚。

她的嘴唇动着，声音轻得像马上会消失在空气中。她问陶思稚：“蒋舸这样告诉你吗？”

陶思稚微微皱着眉，有点迷惘地看着蒋太太，最后告诉她一项常识：“这些事是不需要蒋舸告诉我的。”

蒋太太又抓着陶思稚的手，坐了许久。

陶思稚实际上想把手抽走，但她似乎还是很伤心，陶思稚便还是有点僵硬地让她握着自己的手。

蒋太太握着他，过了一会儿还说：“思稚，你身上挺热的。”

她终于不再流眼泪的时候，蒋舸回来了。蒋舸走到客厅，陶思稚扭过头看他，他手里提着一个有些大的药房的袋子，看到蒋太太，愣了愣，说：“妈，你怎么来了？”

蒋太太说：“我拿点花来。”声音中的哭腔淡了许多，只剩下少许鼻音。

“哦，”蒋舸从袋子里拿出一个盒子，拆开了，取出一个额温计，说，“你别拉他说话了，他发着烧呢。”

蒋太太惊讶地“啊”了一声，看看陶思稚。

蒋舸走到陶思稚旁边，看了蒋太太一眼，顿了顿，说：“怎么哭上了？”而后俯身靠近陶思稚，按着陶思稚的肩膀，将温度计贴着他的额头，给陶思稚测了体温。

蒋舸身上还带着室外寒风的冷，陶思稚打了个寒战，蒋舸把按在他肩上的手收了回去。

体温计嘀了一声，蒋舸看着度数，眉头皱了皱：“38.7℃，升高了。”

“可能是刚才的体温计不准吧。”陶思稚马上说。

“也可能是你没睡觉在客厅乱跑吧，别找借口，”蒋舸毫不留情地说，“我先去盛粥，喝完粥吃药。”

蒋舸低头，恰好看见还被蒋太太抓着的陶思稚的手，用好像有点无奈的语气对蒋太太说：“妈，你别抓着他，他不喜欢。”

“哦，哦。”蒋太太放开了陶思稚的手，稍稍坐远了些。

陶思稚松弛了下来。

蒋舸把外套脱了，扔在单人沙发的靠背上，去餐厅给陶思稚盛了一碗粥。

他回来的时候，蒋太太站了起来，说：“那妈妈要走了。”

蒋舸站着，端着粥，看着她，说：“花很漂亮。我周末回家。”

“好啊，思稚也来吧。”蒋太太回头看看陶思稚。

蒋舸没立刻说话，她又说：“你爸不在。”

“我会帮你好好和你爸说的，”蒋太太说，“思稚的哥哥、父母那里……”

“思远哥知道，”蒋舸温和地说，“让他去说。”

“……”蒋太太有些迟疑地说，“不太好吧。”

“我要找姐妹商量商量。”她又发愁似的说着，拎起包，和陶思稚打了个招呼，走了。

蒋舸在陶思稚旁边坐下了，拿着粥碗，问陶思稚：“聊什么呢？”

陶思稚想了一会儿，找到了他觉得可能是这场谈话的关键句：“阿姨很矛盾。”

“你很骄傲。”陶思稚又说。

蒋舸听得笑了：“好了，知道了。”

蒋舸让陶思稚喝了半碗粥，又让陶思稚吃了退烧药，把陶思稚按回床上睡觉了。

40

陶思稚的烧到隔天下午就退了。

他在蒋舸家待得很无聊，日常的任务都做完了，想玩昨天新买的游戏，躺在床上，叫蒋舸的名字，要回宿舍拿主机，还想要拿两件衣服。

蒋舸一开始想替他去，陶思稚也想要参与挑选游戏，而且他还有几个旧的游戏放在宿舍，蒋舸很可能是找不到的。

蒋舸和他僵持了大约半分钟后妥协了，载着他回了园区宿舍。

陶思稚外套里穿着蒋舸的衣服，整个人都好像被蒋舸的气味包裹了起来，他坐在蒋舸的车上，再一次感到很高兴，伸手搭了搭蒋舸的手臂，说："蒋舸，我等一下又想吃栗子蛋糕了。"

蒋舸答应了他。

回到陶思稚的宿舍里，陶思稚把主机、充电线和游戏放进了一个袋子里，然后开始整理衣服。

蒋舸在他身后站着，陶思稚回头看看蒋舸，问他："蒋舸，我们以后住在哪里呢？"

蒋舸看着他，轻声问他："你想住哪？"

陶思稚抱着衣服，想了一会儿，说："我不知道，离公司近一点吧。"

"不过我上大学的时候，就希望我们以后住得离我的大学近一点，"陶思稚补充，"可能以后会变的。"

蒋舸好像有点心不在焉，低声说"是吗"。

"我们两个住，就不可以像宿舍这么小。"陶思稚又说，"你现在的房子，就适合一些。"

他拿好了衣服，但是蒋舸没动，他叫蒋舸的名字，蒋舸很轻地拉着他的手臂，让他转过身，低头对陶思稚说"我是觉得合适才买的"。

在狭小的宿舍床边，昏暗的室内光线中，陶思稚身边环绕着蒋舸的气息、蒋舸的声音，让他觉得很幸福，好像生命自此又调回到春季。

陶思稚走到书桌旁，拿了一个大一些的袋子，把衣服放进去。

当将每一件衣服都以最合适的角度放好之后，陶思稚回过头，看到蒋舸拿出了他藏在衣柜一件毛衣下面的旧手机。

陶思稚的旧手机一般都放在家里，这次被他偷拿来了宿舍，是因为他觉得自己重新见到蒋舸，可能会不容易进入睡眠。

年会之后几晚，他都睡得不太好。

蒋舸离开以后，陶思稚时常悲观地觉得他是一个居住在地球的异乡来客，永远无法学会最纯正的正常人语言，无法成为一个普通的正常人。

因此他得不到想要的东西，是一件概率很大的事。

"这是什么？"蒋舸拿着他的手机，问他，"你以前的手机吗？"

陶思稚说"嗯"。

“早就坏了吧，”蒋舸说，“这么多年了。”

“没坏，”陶思稚为旧手机辩护，“可以开机的。”

“是吗？”蒋舸垂眼，打开了陶思稚的旧手机。

陶思稚把游戏袋子和衣服袋子放在一起，走到蒋舸身边，旧手机跳出了密码界面。

陶思稚伸手，输入了密码，手机的主界面就出现了。

“你看，”陶思稚对蒋舸说，“可以开的。”

蒋舸“嗯”了一声，随手滑了一下，看到《流星蔷薇园》，不过没说什么。

他好像想把手机还给陶思稚，手不知道怎么碰了一下，短信跳了出来，蒋舸可能下意识地低下头，然后愣了一下。

陶思稚挨过去看，短信最上面的一行，是他和蒋舸的聊天记录，还有他没有发送成功的最后一条短信“我想吃栗子蛋糕”，后面写着发送失败。

他抬头看看蒋舸，蒋舸也看看他，眼睛里还有点笑意，说：“当时我让张东匀给你拿过去了，你吃到了吗？”

陶思稚看了蒋舸一会儿，说“吃到了的”。

这时候，陶思稚又想到有一个游戏没拿，从书桌抽屉里拿出来，放进了袋子，抬起头，看到蒋舸背靠在墙边，看他的旧手机，不知道在看什么。

他走近蒋舸，说“蒋舸”，蒋舸抬起眼睛看着他，说“陶思稚，你给我发了这么多短信”。

“嗯。”陶思稚说。

蒋舸锁上了他的旧手机，温柔地摸摸他的头，说“去买蛋糕吧”。

他们来到卖栗子蛋糕的餐厅外，是下午四点半，太阳的光从灰色的云后冒出来了一些。

陶思稚坐在街对面，看蒋舸排了二十多分钟的队，提着蛋糕，走过来了。

“回家吃吗？”蒋舸把盒子给他。

陶思稚很喜欢今天下午的室外天气，所以对蒋舸说：“我想在这里吃。”

蒋舸说“好”，在他身边坐了下来。

路边的梧桐树树枝光秃秃的，被阳光照射着，在地上映下很浅的阴影，风吹过来，也不太冷。

陶思稚低头，用勺子挖着蛋糕，吃了两三口，侧过头去，看着蒋舸非常好看的脸，对蒋舸说：“蒋舸，我今天很高兴。”

蒋舸看着他，伸出手，轻轻扣住他捧着蛋糕盒的手腕，说：“你真容易高兴。”

陶思稚坐在蒋舸旁边，安静地吃了半个蛋糕，想按照传统的星际电影剧情，人品良好的异乡来客最终会找到一位地球人作为他的归宿。

瓦肯人找到，陶思稚也找到。

Date _____/_____/_____

番外一

Date _____/_____/_____

《给蒋舸：留在本市生活的28项优点》

作者：陶思雅

第一条，本市风景优美、人杰地灵、交通便利、街道整洁，是一个值得留下的好地方。经济数据统计显示，2005 年至今，本市的居民幸福指数一直位列全国前三位。(范例：经济行业从业者陶某某曾经说，他去过 52 个城市，还是 S 市最好。)

第二条，本市便利店众多，分布均匀，无论到多晚，都可以买到想买的东西（其中 A 便利店的冰激凌非常好吃，百吃不厌，建议购买食用)。

第三条，本市的气温适宜。夏天最高温度很少超过 38 摄氏度，只要站在阴凉的地方，就会有风。冬天最低温不低于零下 5 摄氏度，不是极端天气，不会下雪（十年内出现过两次下雪天气），因此路上不会有打雪仗的人（积雪中一般含有城市的尾气和其他杂质，不太卫生，不建议靠近)。

第四条，本市治安情况良好。本人所在区派出所曾荣获全国十佳派出所的荣誉，犯罪率极低。公安部门的办事效率很高，据第一条中的陶某某说，如果丢失身份证去补办，在网上预约，到场后很快就会办好，由此可见本市政务电子化建设良好。

第五条，本市教育资源丰富。U 大是一所很好的综合性学校，在全国排名前列，去年在全国大学排名中位列第三，如在此处就读，具有很大的就业优势。第一条范例中的陶某某毕业于此校，毕业后第一份工作的薪资比全国平均水平高 50%。在不远的未来，本人也将就读于此校。

第六条，本市的城市清洁程度高，风景优美。有两个全国5A级风景区，是一座美丽的旅游城市。从古到今从未有大灾祸发生，是一座幸运的福城。

第七条，本市市民热心善良，乐于助人，曾有3人获得感动中国年度人物荣誉，好人好事层出不穷，是举国闻名的善良之都。

第八条，本市严格贯彻车让人制度，走路的居民体验感极佳（不过过马路时仍然必须快一点，不能太过分，否则将被司机视为挑衅，第一条中的经济行业从业者陶某某这样告诉人们）。

第九条，本市有许多24小时营业的商业区域，使人的生活丰富多彩。市南24小时通宵书店尤为值得一提，这家书店的书目齐全、品类繁多，一楼、二楼都设有阅读区域，付款处营业员手脚麻利，不会和顾客攀谈，非常专业。

只要在一楼意见箱塞入自己想买的书籍清单，不久后便可在此书店见到书本，屡试不爽。这家书店很重视顾客的意见，是全市服务业的一个缩影。

第十条，本市排水设计良好，充分满足了城市排水工程规划的要求，拥有在国内名列前茅的排水系统。不论是暴雨，还是特级暴雨，城市都可以将雨水很好地排进下水系统，积水很难淹没鞋子，可以保持鞋子的干净。

第十一条，本市出租车、专车司机素质较好。根据本人在去年1月21日阅读的某软件年末发布的调查，本市用户满意度高居全国第三，司机满意率全国第二。

第十二条，本市体育活动丰富。据不完全统计，去年一年，本市举办了两次大型马拉松赛事，奥运健儿的人数在全国名列前茅，健身馆、游泳馆繁多，均运行良好。

喜欢运动的人一直待在本市，也不会觉得无聊。

第十三条，本市餐饮行业发达，各类菜肴都在这里得到了很好的传承和发展。由于地理位置优越和交通发达，从各地运来的食材都非常新鲜。

值得一提的是，人们还可以在这里找到一些卫生的、愿意让顾客参观后厨的餐馆，这样的服务和用餐体验，在其他地区很难复制。

第十四条，本市的道路规划良好。从市区南部到北部，一环到五环，拥有 4 条纵横交错的快速高架路，承载了早、晚高峰的车流量，并且设计非常对称，有美感。

如果下雨的晚上在西中高架上经过，可以看到远处入海港口在雨里的船只灯光，比不下雨时美丽一些。据可靠数据统计，今年 3~5 月，高架可视的船只有 157 艘至 231 艘。

第十五条，本市绿化覆盖率高达 43%，是名副其实的森林城市。空气质量常年为优，几乎不会出现沙尘暴天气（只在 2013 年 12 月和 2016 年 1 月各出现一次）。拥有免费面向市民开放的可供休憩、散步、跳广场舞的大小公园 102 座，市民人均拥有绿化面积高居全国第二。

第十六条，本市的自来水取自附近的人工湖区，是华东地区最好的水源地之一，水质良好，水硬度大约为 130mg/L，软硬适中。

而英国伦敦水质较硬，许多人曾经表示，在伦敦久居后脱发严重，如果想要一头乌黑靓丽的头发，则不宜在该处久留。

第十七条，本市的公用移动通信基站覆盖率高，信号优越，无论走到哪里，只要手机不停机，都可以顺利地进行玩游戏、上网了解知识等活动。各小区光纤铺设到位，是一座网络非常畅通的城市。

第十八条，本市电压稳定，不论是台风来袭，还是雷暴天气，从未发生过大规模停电。拥有一个稳定的电压是一座现代化城市的必要条件。现代人类失去电力，会是一件很糟糕的事，产生许多不便利的情况，例如冰箱失去制冷效果，冷冻食品因此融化。

第十九条，本市的公交系统发达（本条的相关资讯摘自 S 市公共出行网的介绍页面）：“这 9 条经过工程师精心设计的地铁线路，已足以抵达市区的大部分区域，从机场到市中心 30 分钟，从市中心到游乐园 40 分钟，只要你想，就能来一场说走就走的旅行。地面公交路线繁多，可从市中心辐射到郊区的每一个角落。不论住在哪里，公交系统都能送您安全回家。”

第二十条，本市的娱乐文化行业发展势头强劲，一些较为热门的手游也会在此举办线下活动。不论是较为暴力的枪战类游戏，还是文雅一些的以抽卡为主的剧情游戏，在本市的线下活动中，都会拥有一席之地。

由于本市的风水较好，在某次《×× 蔷薇 ×》游戏线下活动中，第一条优点中的陶某某受家人所托，前往活动现场抽卡，抽到了 3 张 SSR 卡。相信枪战类游戏玩家一定也能在线下活动里有所收获。

第二十一条，本市医疗资源丰富，是全国专科医院和医疗专家最多的城市。除医院外，本市也有许多官方、民间组织，以低廉的价格或免费为饱受疾病困扰的市民提供良好的支持。

如果有人生病的话，在这里可以得到很好的医治，官方、民间组织的工作人员也都非常善良，会陪伴病人的家属走出困境。因此所有的市民无论有没有生病，都可以在这里生活得很好。

第二十二条，本市正在新建一座天文馆，位于市区南部。据介绍称，这将是亚洲地区最大的一座天文馆。最值得关注的人性化设计是，此天文馆将对参观人员进行限流，要求人们在网络上进行预约，每天放号的数量十分科学，保证场馆内的人流量不会过大，极大地造福了喜爱安静的天文学爱好者（如果对天文学感兴趣，有什么知识点想要了解的话，建议来咨询本人）。

第二十三条，本市拥有全国最多的国际航班，若须进行海外的工作，也能够很方便地往返。如在本市定居，既可以享受到便利的生活，也能够及时抵达想要去的地点，可以说是一举两得，完全没有在其他地区定居的必要。

第二十四条，本市的房产容积率低，大多数户型结构合理。以下内容节选自本市缘缘房产主页——《在本市买房子的好处》："一、面积实惠。根据全国房产网的数据，在本市购买新开发房产的客户满意率据全国首位，点此处进行线上咨询。二、装修方便。在市区南部五环，临近高速公路口，有华东最大的家居市场，从国内设计师到国外品牌家具应有尽有，有需要请联系电话 186××××××××，有内部价。"

第二十五条，本市的游戏专门商店数量很大，各类游戏卡片齐全且货源充足，更可在线上下单后，找跑腿服务代为取货。

第二十六条，本市快递便捷，如果在网上购物，时常会获得包邮优惠，且货运时间短，无须过多等待，即可拥有心仪的货品。快递行业服务客户满意率也高居国内第三名，有专门部门处理投诉。

第二十七条，本市经济数据健康，各个行业的发展潜力都很大，适合制订长期的职业发展规划。

第二十八条，陶思稚（明德中学高三数理先修班）擅长等人，如果蒋舸经常迟到的话，还是留在本市比较好。

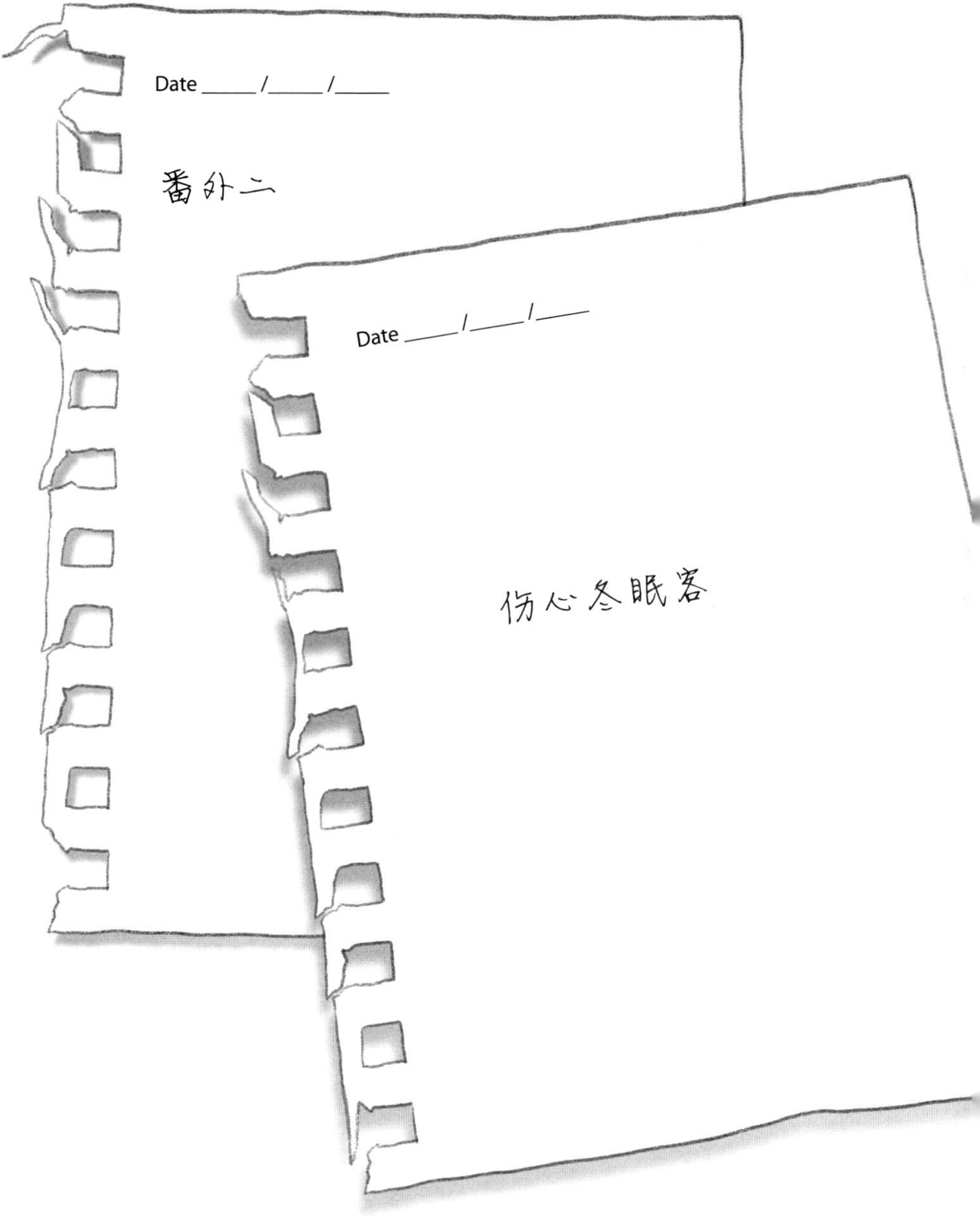
Date ____/____/____
番外二
Date ____/____/____
伤心冬眠客

“蒋舸，给我看看你读书时候拍的照片吧，你拍过吗？”陶思稚突然说。

清晨八点半，蒋舸在开车。

冬季周日上午的高速公路很空荡。行驶在四车道上向前方望，只能看见灰色的群山与大片田野，望不见其他车辆。

听到陶思稚说话时，蒋舸的意识稍稍有些恍惚。他将车窗打开了一些，冰冷的风吹进来，混入暖气中，发出隆隆的声音。

风声有些吵，于是他又关上窗，瞥了陶思稚一眼，问：“看这个干什么？”

“我想看，”陶思稚伸手，用温暖的指腹轻轻地碰了碰蒋舸的手背，“给我看看。”

这时候，导航里的女声发出提示：“前方进入隧道。”

黑黢黢的隧道口渐渐向他们靠近，陶思稚可能不喜欢隧道，把手收回去，看着前方发呆。

蒋舸把手机给陶思稚，让他自己往前翻。

陶思稚接过去，安静地看了起来。

出隧道的时候，陶思稚把手机举到蒋舸旁边，问他：“这个人是谁，你为什么和她靠在一起？”

蒋舸看了一眼，说：“同学。”

“哦。”陶思稚说。

“肩膀之间还有半臂距离也算靠在一起啊？”蒋舸觉得陶思稚说得有意思，问他。

陶思稚没搭话，换了一张照片，又问：“这个呢？”

“也是同学，”蒋舸看了看他，忍不住说，“你干什么？”

陶思稚还是没回答，把蒋舸相册里的陌生人都问了一遍，然后把蒋舸的手机还给他，结束了和蒋舸的交谈。

下了高速，陶思稚也没有说话的意思，蒋舸问陶思稚：“你的照片呢？不给我看吗？”

“我没拍过啊。”陶思稚理直气壮地回答。

抵达海滨公园时，海边的风很大，不太适合室外行走。蒋舸把车停在靠近海岸的防风林外。

他们隔着树林看大海，海面上的空气一片灰蒙。

“今天天气不大好。”蒋舸对陶思稚说。

陶思稚并不觉得，所以说：“没有的。”

他推开车门，冰冷的风吹在他的手背上，冻得他缩回手，把衣袖往下拉了一点，才走出去。

往海滨公园大门走，蒋舸搂着他的肩膀。

蒋舸又问了他一次：“你为什么突然要看我的照片？”

陶思稚只好说：“昨天在茶水间听到有人讨论你。”

蒋舸对陶思稚笑了笑，他侧过脸，低下头，俯视陶思稚，鼻梁很高，眼睛十分好看。

“讨论我什么？”他好像微微拖长了语调，问陶思稚。

陶思稚想到“哇，在那里留学，私生活一定很丰富吧”“朋友要几个有几个”“太子日子过得好得很，哪看得上公司员工”，不太想复述，就指着大门旁的小窗，说：“蒋舸，我们要到那里买票。”

蒋舸没逼迫他，带着他去买了票。

可能由于淡季、休息日上午和天气差交织作用，海滨公园里几乎只有他们两个游客。

大门进去就是水泥浇筑的一条长长的平台，平台石阶往下是沙滩。

大海像被笼罩在灰雾的屏障里，看上去比陶思稚几年前来还要模糊。

“要去沙滩上走走吗？”蒋舸问。

陶思稚说不用，拉着蒋舸的手，下到台阶的最后几级，沿着往前去。他告诉蒋舸：“我们这样走，鞋子不会脏，又离大海很近。”

“哦，”蒋舸走在他下面的台阶上，勉强与他平视，“你怎么好像比我对这里还熟，用网络实景地图旅游过吗？”

“不是的。”陶思稚说。

昨天晚上蒋舸回家，已经十点二十分了。蒋舸喝了酒，醉醺醺地倒在沙发上。陶思稚走过去拍拍蒋舸的脸，被蒋舸一把拉近，揉了揉头。

蒋舸一直叫陶思稚的名字，陶思稚温顺地一一答应。

回到房间洗完澡，躺在床上，“陶思稚，”蒋舸用很低沉的声音，有点慢地问他，“明天周日，我带你去海滨公园好吗？”

他们在一起住了一个多月，周末几乎都在家里。

蒋舸问的语气好像很随意，陶思稚看看蒋舸的眼睛，发了一会儿呆，他觉得蒋舸身上的酒气也让他不清醒了，所以在事先没有任何计划的情况下，陶思稚也同意了。

早晨，蒋舸起得比陶思稚早。他给陶思稚做了早餐，陶思稚走出去，喝了热热的牛奶，换好衣服，他们就出发了。

陶思稚准备了：1. 游戏机；2. 手机；3. 拖鞋（如果走到沙洲那头可以换）。

在蒋舸的车上，陶思稚又短暂地睡了一会儿，他梦到了茶水间的对话，醒来后，立刻问蒋舸要照片来看了一下。

在蒋舸问他原因时，他非常自然地岔开了话题。

从大门走到白色连廊，有一段比较长的路。

快要到连廊的时候，突然下雨了，雨滴很大，落在地面、沙滩和他们的身上。由于陶思稚缺乏出游经验，他的背包里并没有放伞。他下次会注意（如果会再一次和蒋舸出门旅游的话）。

蒋舸带着陶思稚，加快脚步，走到了连廊的屋檐下。蒋舸低头，用纸巾擦了擦陶思稚的脸颊。

陶思稚抬头看他，发现他的头发也湿了一些，大衣上沾有水珠。

陶思稚记得连廊上有小的便利超市，便告诉了蒋舸，说：“我们可以去超市买伞。”

蒋舸不知为什么，怔了一下，跟着陶思稚往前走，走了几步，才说：“你是不是来过了？”

雨声变得有点大，像软件里的某一种白噪声。空气很冷、很潮湿，只有抓着陶思稚的蒋舸的手是干燥和温热的。

陶思稚没看蒋舸，“嗯”了一声，走到了超市。

超市里的货架上只剩吃的，老板说雨具都没有了。

“最近天气很奇怪啊，”老板用带有口音的普通话说，“昨天下午呢，本来太阳很大，满沙滩都是人，没想到突然下雨，伞啊，雨衣啊，全都被抢光了。”

蒋舸想了想，让陶思稚在连廊等，他回车上去拿伞，然后来接陶思稚。

蒋舸背对着陶思稚，快步往外走。

实际上，陶思稚是非常讨厌淋雨的人，也讨厌冷，但是不清楚为什么，他看着蒋舸的背影，忍不住跟在蒋舸后面，也走进雨中。

不过没走多久，蒋舸回头发现了他。

“陶思稚，”蒋舸的表情看上去像有点生气，“你跟来干什么？”

陶思稚没说话，去拉蒋舸的手腕。确认蒋舸没气到会推开他后，他抬起头，冲蒋舸笑了笑：“蒋舸，我也来了！”

蒋舸露出有些哭笑不得的表情，叹了口气，脱下外套，盖在他的头顶上，雨水就不太会淋到陶思稚了。

陶思稚高兴地说“谢谢”。

蒋舸停顿了几秒钟，拍了拍他的脸，说：“走吧。”

这时候，一辆景区电瓶观光车朝他们开过来，穿着有点褪色的制服的工作人员问他们：“客人，需不需要租住我们的海景小木屋？”

观光车车身上印着小木屋的照片，看起来还算干净。

“景区新项目！时租一百元，日租八百元，”工作人员热情地说，“可以看到最美的海景，小冰箱食物免费！”

雨似乎又大了一点，蒋舸问陶思稚：“去躲躲雨吧？”

陶思稚同意了。

小木屋建在高一些的地方，他们坐观光车一路往上，看见了树丛中的一片原木色屋顶。

工作人员在其中一间门口停下来，问他们：“就这间可以吗？”

他在车上收了押金，下车替他们打开木屋的门，将房卡给了蒋舸。

木屋里开着暖气，客厅的大窗户确实能看到海，虽然海并不是很像海。

陶思稚进去以后，在木屋里走了一圈，看了看房间各个角落。

木屋不大，只有客厅，与客厅半连通的卧室以及浴室，打扫得比较干净，气味也不难闻，因此陶思稚不排斥这里，在客厅坐了下来。

蒋舸从浴室走出来，手里拿着吹风机，坐到陶思稚旁边，插上插座，给陶思稚吹头发，因为陶思稚的头发有些长，湿了粘在脸上。

陶思稚转过头，看蒋舸，发现蒋舸由于刚才把大衣脱给他盖，衬衫湿了一些。

蒋舸身上有让陶思稚感到安宁的气味，吹风机声音停下来以后，陶思稚抬起头，摸了一下自己的发尾，夸奖蒋舸：“你吹头发的技术很不错。”

“陶思稚，”蒋舸拍了拍陶思稚的脸，把吹风机放下，问他，“你一个人来过吗？”

“什么时候？”他问。

陶思稚不喜欢回忆这件事，目光游移，但蒋舸又问了一次，看来是并不愿意接受陶思稚装听不到，陶思稚只好不情不愿地回答：“高中毕业。”

“端午假期后的周三吗？”蒋舸说。

“不是，”陶思稚否认了，“10 月 17 日。”

说完后，他低头拿出了手机，打开游戏，但游戏界面还没出来，手机就被蒋舸拿走了。

陶思稚感到疑惑，抬眼看蒋舸。蒋舸问他：“你为什么10月17日来？”

陶思稚没有说话，想要拿回手机。

蒋舸移开少许，低声说：“因为我是10月17日来秋游的吗？”

陶思稚忍不住抓住了蒋舸的手臂，闭着眼睛，“嗯”了一声。

“同一天又不是同一年，”蒋舸轻声问他，“有什么意义？”

他说的话仿佛是觉得陶思稚做错了，语气却很温柔。

陶思稚说：“我有一点想你，所以我来看一看。”

陶思稚一个人坐了车，一个人买票，一个人进了海滨公园，他穿过了人群，跟陌生人说了话，看见了沙洲对面的岛，也找到蒋舸坐过的位置，坐在那里玩了一会儿游戏，努力想象他和蒋舸是一起来的。

有一些电影里就会出现这样的情节，主角来到某地，想象自己与人同行，屏幕上便出现了他想象的画面，笼罩着一层梦幻的光芒，伴随着好听的配乐。

绞尽脑汁想了一会儿，陶思稚发现大脑里没有出现他想要的景象，而这趟行程也没有改善他对蒋舸过多的想念。

陶思稚自己创造的疗法一如既往地失败了。

他们在小木屋打开电视，看了一会儿电影频道。电视上播放着一部对于陶思稚来说或许有些难懂的情感电影，陶思稚大概感到非常无聊，从蒋舸手里挖走了手机，坐在蒋舸身边打游戏。

做完任务，蒋舸帮他抽了一张卡，单抽到了很好的卡片，陶思稚非常高兴，又在更新他的帖子。

蒋舸看了一眼，故意地问他：“这帖为什么设置了不能回复？”

陶思稚编辑完内容，才对蒋舸说："有人笑我。"

蒋舸知道他的情绪或许是没有起伏，但他说的话也的确像在告状一样，蒋舸忍不住说"怪我没帮你抽卡"，陶思稚马上说："不怪。"

陶思稚百无聊赖地收起手机，身边的蒋舸看起来像一个美梦。

蒋舸低头，看着他，他突然叫蒋舸的名字。

陶思稚睁大眼睛，问蒋舸："你留学的时候，有没有谈恋爱？"

蒋舸刹那有些错愕，而后有点好气又好笑地说："你说有没有？"

"我不知道，他们说你过得很好，"陶思稚可能看蒋舸抬起手，猜到他想要拍自己的脸，马上坐远了一点，有点含糊地说，"不要有吧，蒋舸。"

"我觉得这样不好。"他又理直气壮又没有什么逻辑地说。

蒋舸的心好像被许多细小的鱼钩钩住，往四面八方轻轻拉扯。他低声对陶思稚说"没有"。

"什么都没有。"他说。

"我过得一点都不好，"他对陶思稚坦白，"大概都比不上你。"

"你还有陶思远陪着，"他说，"待在熟悉的地方，除了没我也没什么改变，上下学、玩游戏、吃冰激凌、过生日。"

陶思稚看着他，过了一会儿，说："没有啊，你走了，我不过生日了。"

蒋舸一怔，问他："为什么？"

陶思稚看了他一会儿，和每一次面对他回答不了的问题时一样，重复事实，告诉蒋舸："不过生日了。"

午饭是蒋舸打电话向景区餐厅叫餐的。

蒋舸把大衣铺在床上，陶思稚勉强靠着睡了一会儿，被蒋舸叫醒，吃了一些东西，发现已经是下午了。

雨好像快停了，天气却还是阴沉，蒋舸看了看表，问陶思稚要不要去沙洲。

他问陶思稚有没有去过，陶思稚说“我去看过了，不过没有走过去”，蒋舸决定再带他去一次。

陶思稚腿有些发软，不过路还是可以走，等到雨完全停了，蒋舸叫了观光车，把他们送到了大门口。

从海滨公园到沙洲，开车并不远。他们抵达的时候，沙洲显现出了大半，长长的一条白色沙滩，上方散落着零星的碎贝壳。

天色更阴了，仿佛接近傍晚，海水被冷风吹着，泛着白沫打在沙子和石阶上。

沙洲不是什么有名的景点，下午也没有人来，四周只有风声混着浪潮声，陶思稚闻到清淡的海潮气。

他们走到台阶旁，往下走，蒋舸温热的手拉着陶思稚的手腕。

陶思稚走了几步，腿软得往下滑了滑，蒋舸发现了。

“走不动吗？”蒋舸低头看着他，说，“我背你吧。”

蒋舸又往下走了一个台阶，让陶思稚扑在他肩上，背着陶思稚往下走。蒋舸走得很稳，他们下到了沙洲，两边是灰蓝的海水，前方是一个非常小的满是树的岛。

蒋舸背着陶思稚，走到对面，蒋舸才把他放下来。

对面的小岛上也有几级台阶，上面有一个老太太支着雨棚，摆了一个很小的杂货摊。

她看到蒋舸和陶思稚，问他们：“水要买吗？烟花棒要买吗？”

陶思稚仰头看着她，她从摊上拿出一根烟花棒，走到雨棚外，点燃了放给他们看，说：“很多年轻人买来拍照的。”

“这样拍照好看。”她还作势挥动了一下，陶思稚吓了一跳，躲到蒋舸后面。

蒋舸回头看看他，眼里有些笑意。

烟花棒是很好看，陶思稚想要，又不敢放，对蒋舸说：“蒋舸，你去买，点给我看。”

蒋舸没说什么，去买了一盒，陶思稚站得远远的，看蒋舸点了三根，给蒋舸发了个消息：“你像卖火柴的小女孩。”

蒋舸本来要接着放，拿出手机一看，可能是被陶思稚气得笑了，收起烟花，朝陶思稚走来。

他走近了，陶思稚马上说：“你还没放完。”

“因为卖火柴的小女孩只点了三根火柴。”蒋舸说。

陶思稚不知道说什么，就不说了，呆呆地看着蒋舸。

这时候陶思稚突然觉得他自己才是卖火柴的小女孩，因为有些恍惚，难以确定蒋舸是否真的回到他身边，陪他来了沙洲。

蒋舸低头拍拍他的脸，温热的气息环绕住他，陶思稚才想这是真的。

天上又下起蒙蒙的细雨，陶思稚说“蒋舸”，幸福感将他环绕，他希望蒋舸能够永远不要再离开他的身边。

Date _____/_____/_____

番外三

Date _____/_____/_____

陶思雅在职工辅助社交协会开展社交的五个步骤

第一步：加入社交协会。

“我觉得不错。”

听陶思稚说完自己加入了职工辅助社交协会的事之后，蒋舸一面打开浴室虚掩的门（已穿上浴袍），一面以认真的语调这样对陶思稚说。

这天晚上十点五十分，蒋舸刚从需要喝酒的饭局回来，他的身上有一些酒的味道，说话的音量比平时要大百分之十左右。

陶思稚根据同住三个月的经验判断，这应该不是适合交流的最佳时机。

只是陶思稚刚做了一件新的事，感到很兴奋，因此忍耐了十分钟之后，他终于难以自制地站到了蒋舸所在的浴室门口，等洗澡的水声停了以后，马上把门打开了一点，迫不及待大声地和蒋舸分享社交协会的构成以及今天相关的见闻。

1. 协会暂时有六个成员：陶思稚和赵浩，程序二组新来的员工全天其，后勤的李筱和朱诗如，会长是后勤部的周司长。

2. 协会每半个月左右会举办一次小型的社交模拟活动，周司长认为如果进行得太频繁，会导致参与的积极度下降；如果进行得太稀少，达不到辅助社交的效果。

3．全天其认为活动应该由会员来策划，被周司长否决了，因为周司长觉得全天其会策划出六个人一起在房间里静静地打游戏这样的活动（全天其喜欢打游戏）。

蒋舸没有生气，在浴室里也和陶思稚聊天。

他走出来时，头发还在滴水，滴在他的脖子上。陶思稚拿着毛巾，把他脖子上的水珠抹掉，但发梢马上又滴下了新的水。

蒋舸的皮肤非常热，不过水滴是冷的。

陶思稚盯着水痕，又想要去抹，蒋舸拉住了他的手腕，说“没关系”，还有“你接着说”“后勤部门能想到组建这样的协会，很有心”。

陶思稚的注意力一直集中在蒋舸的发梢，没有说话。

蒋舸等了十几秒钟，听上去并不像生气或是无奈地叹了口气，拿过他手上的毛巾擦头发。

过了大约一分钟，蒋舸的头发不再滴水了，陶思稚才开始阐述自己的心路历程：“我本来不知道是不是应该同意，想咨询干预师，后来李筱告诉我说，为了鼓励大家参加协会的活动，每次活动结束，会员都可以集一到两颗星，集满五颗就可以换取礼品。”

“有什么礼品？”蒋舸问他。

“一些代金券，”陶思稚说，“是超市的，还有花店的和书店的。”

“如果拿超市的，可以放在家里备用；花店的券，可以送给阿姨和我妈妈；书店的话，我就自己买书，我还没有想好选哪个奖品，”陶思稚征询蒋舸的意见，“你觉得哪个好？”

“哪家超市的卡？”蒋舸想了想，问陶思稚。

陶思稚被问倒，愣了一下，说：“我不知道。”

"我明天去问一下。"陶思稚又说。

"没关系，不要问了，"蒋舸对陶思稚笑了一下，用很低的温柔的声音说，"你可以拿超市券跟我换花店券和通宵书店卡，怎么样？"

"我会开车，"蒋舸说，"哪家超市都可以去。我进超市买东西，你在车里等我。"

陶思稚觉得蒋舸很好，对蒋舸点了点头，"嗯"了一声，说："如果人少的话我可以跟你一起进超市。"

"在家也可以和我预演你们的社交场景，"蒋舸又说，"就当作预习。"

他的头发半干了，所以没有再擦头发，陶思稚看了一会儿，说："嗯，好的。"

"可以，"陶思稚对蒋舸宣布，"我们组建一个双人社交辅助协会。"

第二步：获取第一颗星的预尝试。

社交辅助协会的第一场成员活动是进行鬼故事挑战。

此活动旨在加强会员的语言表达能力。

在每人挑战结束后，其余会员对故事进行打分，满分十分。总得分最高的人能够集到两颗星，其余会员得到一颗。

陶思稚非常重视这次活动，提前做了许多准备。

就蒋舸看到的部分而言，陶思稚在收到通知后，便开始每晚抽两小时阅读书籍，制作了故事梗概的归纳笔记；在网上搜索了一些视频，跟着学习了多遍讲故事的方法。

网上的讲故事视频大多是为服务小朋友而录制的，即便是成年人做主角，讲述方式也多少会有些浮夸。

蒋舸晚上在家加班工作的间隙，会不时听到抱着膝坐在不远处戴着耳机的陶思稚，学平板电脑里的人努力但不太成功地试图加入一些情绪的声音。

鬼故事挑战的时间定在周一下班后，后勤部的会议室里。

周日晚上，陶思稚终于结束了他的准备工作，要求蒋舸与他开展一次预演活动。

两人坐在沙发上，为了营造氛围，蒋舸调暗了灯光。

陶思稚穿着灰色的薄的棉质睡衣，面对蒋舸盘腿坐着，开始了他的讲述。

“我要讲的故事来自我喜欢的作家的短篇集，”他认真地看着蒋舸，“其中的一篇里内含的一个鬼故事。[1]

“由于原文较长，我浓缩了这个故事，还进行了一些改编，希望大家没有听过，能够被吓到，给我打出高一点的分数，我想早点换到超市券。”

蒋舸觉得陶思稚的说法有些可爱，但是出于对双人协会活动，以及讲鬼故事的人陶思稚的尊重，蒋舸没有露出一点点笑。

“故事要从一个被人们称作‘小东西’的小男孩说起，他生活在一个不重视他的家庭。

“他有两个哥哥，经常欺负他，伤透了他的心。有一天，他决定

---

1 本故事为《椅中的十月》中十月所讲述的故事，来自尼尔·盖曼的短篇小说集《易碎品》。

离家出走。”

陶思稚的语速很慢，搭配了一些不能称为合适的手势，非常笨拙地故作神秘。

他的眼睛在灯下反射着光，头发柔软地贴在额头上，这样的眼神、语调，加上他内心对超市券的渴望，加上客厅的灯光氛围，倒是将不惊悚的故事变得引人入胜——至少蒋舸这么认为。

“小东西乘坐巴士，走了许多的路，他一直在想自己的家人，想自己的未来。

“他幻想自己的未来超级精彩，让爸妈和哥哥很羡慕，但又知道实际上，他应该还是会回到家里，回到以前的样子——

“回到生活在哥哥的阴影里，过那种没人在乎他的生活。

“这天的最后，小东西来到了一片荒芜的草场，草场里有一个阴森的农舍，他没有靠近，而是在农舍外睡着了。

“他醒来的时候，天还没亮，身边出现了一个叫吾爱的小男孩。吾爱和他一样孤身一人，但已经在这片荒野待了很多年，对这里很熟悉，他们成了朋友。

“他们先去到墓地里，找到了吾爱的墓碑。”

陶思稚顿了顿，压低声音，大概觉得这样很吓人地说：“原来吾爱是鬼。”

“不过小东西平静地接受了这件事，”他又正色道，“一人一鬼在荒野玩了一整晚。”

“天亮了，吾爱即将入睡。小东西认为自己度过了有生以来最好的一晚，他不想再前进去找自己的未来了，他问吾爱，自己怎么才能留下来。

“吾爱告诉他，如果他走进农舍，农舍里的鬼或许会杀死他。吾爱下不了手。”

说到这里，陶思稚又暂停了，然后睁大眼睛，举起双手，做出了鬼一样的姿势，很轻地抓了抓空气，恐怖兮兮地对蒋舸说：“最后，小东西决定要留在吾爱身边。于是他走进了全都是杀人鬼的、很黑很黑的农舍。”

说完后，他等待蒋舸的反应。

不过只等了一两秒，他就等不及地开口问蒋舸：“可怕吗？”

“蒋舸，”他微微将上身前倾，靠近蒋舸，盯着蒋舸的眼睛，重复，“可怕吗？”

蒋舸“嗯”了一声，问陶思稚：“怎么选了这个故事？”

“鬼故事要有人有鬼，要以死亡做结局，这应该是一个经典的鬼故事，”陶思稚飞快地解释，“而且我很喜欢。”

蒋舸问他“你喜欢哪一部分”。

“喜欢这本书的作者，”陶思稚告诉他，“也喜欢结局。因为小东西选择了和吾爱生活在一起。”

蒋舸看着陶思稚的脸，陶思稚把视线移开了，去看客厅上方昏暗的射灯。

“其实不吓人是吗？”陶思稚看了一会儿灯，问蒋舸。

蒋舸有些意外陶思稚自己意识到了这件事。

陶思稚有点忧郁地叹了口气，说：“但是我选不到自己喜欢又吓人的鬼故事。”

说完他安静几秒钟，再一次开口：“蒋舸，你觉不觉得小东西像你呢？”

“但也不是非常像，”说完的下一刻他便改口，“大约百分之五像。

“但是我有百分之七十五像吾爱。”

蒋舸没有再多说什么，作为双人社交辅助协会的成员，他给了陶思稚一个非常偏心的满分。

陶思稚确认得分后，感到满意，声称既然在双人协会这里的成绩很好，那么就算在公司协会里只能拿一颗星，也没那么不能接受了。他给自己找了一个台阶下。

第三步：持续为获取超市券而付出努力。

第一次的协会活动中，获得两颗星星的人是全天其。

说实话，全天其讲的那个鬼故事，陶思稚并没有听懂。

但是其余四人都吓了一跳，李筱和朱诗如还尖叫了，陶思稚便也和谐地假装融入其中，表现出被吓了一大跳的样子，给全天其打了一个较高的分数。

回家后，陶思稚得意地和蒋舸炫耀了自己当时的随机应变事迹，得到了蒋舸“很机灵”的称赞。

第二次的协会活动，是成员们一起去听中学生音乐会（这是一场公司赞助的学校举办的音乐会，获得了一些赠票，周司长拿走了六张）。

在这场活动中，六个人中只有陶思稚和周司长没有睡着，所以陶思稚获得了两颗星。

由于公司程序大版本更新，整个程序部都很忙，第三次的协会活动，和第二次隔了一个半月。

因此周司长决定要“搞次大的”。

六月初，周司长向会员们发布了活动通知，决定带会员们去参加剧本杀活动，且每位会员必须携带一名朋友，在周三前把朋友拉进剧本杀的群里。

朱诗如在通知下回复，问周司长：“可不可以带我爸爸或者我妈妈？”

周司长回复：“不行。”

朱诗如说：“那我只能请假。”

周司长又回复：“好吧，你带吧。”

朱诗如说：“谢谢。”

李筱也在下面回复了一句：“谢谢。”

随后，赵浩和全天其也在下面回复：“谢谢。”

陶思稚把邮件下的回复给蒋舸看，顺便邀请蒋舸：“我可不可以带你？周六下午。如果你没有空，我就去问陶思远。”

“我有空，”蒋舸马上说，“一定有空。”

陶思稚看着蒋舸，蒋舸又说：“陶思远又不是我们公司的人，不会比我跟大家更合得来。”

陶思稚认为他说得有道理，“嗯”了一声，把他拉进了群。

群内有以下人员：剧本杀馆工作人员 2 位、周司长和他携带的他太太、朱诗如和朱诗如的妈妈、李筱和李筱的妈妈、赵浩和赵浩的妈妈、全天其和全天其的妈妈、陶思稚和蒋舸。

在周四晚，工作人员给参加剧本杀的人员选定了身份，并发送了各自的剧本。

陶思稚抽到的是一名二战护士，蒋舸是军官。

看完剧本后，群里出现了很多语音，一开始都是会员们的妈妈发的，后来出现了几条来自会员的。

蒋舸刚给陶思稚拿了冰激凌，坐到陶思稚旁边，点开了李筱发的一条语音。李筱说：“妈！你不要再说了，不可以剧透啊！”

语音自动播放，全天其的妈妈说：“什么是剧透？”

“就是你说你杀人了，这个不可以说啊。”赵浩的妈妈说。

“这些年轻人的东西，根本搞都搞不清楚！”李筱妈妈听上去有点生气。

蒋舸不知道为什么，挨着陶思稚笑了，陶思稚放下了吃冰激凌的勺子，问蒋舸：“你为什么笑啊？”

蒋舸没告诉他，陶思稚觉得蒋舸这样笑起来很好看，因此也学蒋舸笑了一下，说：“那我也要笑。”

根据周司长所说，最后出于很多原因，剧本杀活动无法成功举办，改成不携带朋友的会员内部小型推理会。

陶思稚依靠自己出色的推理能力、超高的智商、严谨的逻辑，以及阅读大量推理小说后的经验，第一个猜到了凶手的身份，获得了两颗星。

陶思稚成为第一个拥有换星星资格的社交辅助协会会员。

第四步：兑换超市券。

六月第二周的星期一，陶思稚前往周司长的办公室，用非常辛苦集到的五颗星星，换到了一张两百元的超市卡。

他一走出周司长的门，就低着头拍了超市卡的照片，发给了蒋舸。

走到电梯门口，蒋舸恰好给他发来了回信，他低头看了一眼，蒋舸说：“社交辅助成员陶思稚做得好。”

这时候，电梯门恰好开了，陶思稚在看消息，所以不小心挡住了电梯里要走出来的同事。

“先出后进。”被他挡到的穿西装的同事不太高兴地说。

“对不起。”陶思稚马上让到了一边，向他道歉。

同事皱着眉头，好像还想说什么，他身后有人开口说“不好意思”。

是蒋舸的声音。

陶思稚往那名同事身后看了一眼，蒋舸也看着他。蒋舸对同事说：“抱歉，他可能在看我回的消息，没注意电梯门。”

那名同事脸上的表情像是变了变，陶思稚没有读懂。然后同事说：“这样，不好意思，我误会了。”

同事和蒋舸从电梯里走出来，蒋舸让同事先去会议室。

电梯前便只剩下了陶思稚和蒋舸两个人。

“我看了一下，这家超市就在我们家附近，”蒋舸对陶思稚露出了和在家里一样的微笑，“今晚可以一起去。”

“你有什么要买的？”陶思稚把超市卡给蒋舸，说，“那去完超市有没有多余的时间去书店啊？”

蒋舸接过了卡，拍了一下陶思稚的脸说“有”。

陶思稚想要得寸进尺要求本周多加一次书店行程，蒋舸就问他：“那你会陪我进超市吗？”

“如果人少的话，”陶思稚权衡利弊，忍痛道，“希望你可以给我买牛奶。”

蒋舸笑了，说“陶思稚，你要求真的很多”，他答应了陶思稚的要求。

第五步：陪蒋舸进入超市，紧跟在蒋舸身边，进行了一次购物，然后来到书店，待至晚上十点二十分，并和蒋舸一起在手机上，通过一家花店的官方网站，预订了两份送给妈妈的鲜花礼券。

图书在版编目（CIP）数据

好运时间 / 卡比丘著 . — 广州 : 广东旅游出版社 , 2022.8（2025.9 重印）
ISBN 978-7-5570-2738-4

Ⅰ . ①好… Ⅱ . ①卡… Ⅲ . ①长篇小说－中国－当代 Ⅳ . ① I247.5

中国版本图书馆 CIP 数据核字 (2022) 第 076527 号

好运时间

HAOYUN SHIJIAN

出 版 人：施剑敏
责任编辑：陈 吉
责任校对：李瑞苑
责任技编：冼志良

广东旅游出版社出版发行
地址：广州市荔湾区沙面北街 71 号首、二层
邮编：510130
电话：020-87347732（总编室） 020-87348887（销售热线）
投稿邮箱：2026542779@qq.com
印刷：北京世纪恒宇印刷有限公司
（地址：北京市大兴区亦庄镇亦庄东工业区经海三路 15 号）
开本：880 毫米 ×1230 毫米 1/32
字数：217 千
印张：8.625
版次：2022 年 8 月第 1 版
印次：2025 年 9 月第 2 次印刷
定价：48.00 元

如发现图书质量问题，可联系调换。质量投诉电话：010-82069336

陶思稚坐在蓉舸旁边，
安静地吃了半个蛋糕，
想。按照传统的星际电影剧情，
人品良好的异乡来客
最终会找到一位地球人
作为他的归宿。
瓦肯人找到，
陶思稚也找到。

卡比丘♡